Tote Rosen für die Hure
Lisa de Looch

AF223124

Lisa de Looch

Tote Rosen für die Hure

Die Lehre der Lust 2

EROTIK THRILLER

Cover Foto © Fotolia.com KENCK Ophotography

Verlegt bei Book on Demand 2010

Herstellung und Verlag: Books on Demand GmbH, Norderstedt

ISBN 9783837016239

Um die Liebe

zu ergründen

bedarf es

nur

einer

einzigen

Strategie

SELBST ZU LIEBEN

Tote Rosen für die Hure
Die Lehre der Lust Teil 2

Es war soweit.

Ihr selbst gewählter Kurs konnte beginnen.

Zarah stand leicht zögerlich an der Tür des Hinterhauses in einer abgelegenen Seitenstraße. Altbauten, noch vor dem Krieg entstanden, schmuck hergerichtet, dominierten das architektonische Bild des Viertels. Begrünte Innenhöfe, Pflanzkübel, saftig umwuchert. Eine kleine schmiedeeiserne Sitzecke lud zum Verweilen ein. Hübsch.

Ihr Zeigefinger suchte über die Namensliste. Pfennig, na also. Was für ein passender Name. Rollte doch hier so mancher Pfennig. Sie schmunzelte. Ein wenig flau war ihr zumute. Sie gab sich selbst einen Ruck. Gut, dann los!

Der schlanken jungen Frau, Mitte zwanzig, dunkles langes Haar war nicht sonderlich wohl. Aber ihre eigene Neugier hatte sie hier her gezwungen, nun wollte sie sich keinen Rückzieher erlauben.

Sie drückte den schwarzen Knopf neben dem alltäglich klingenden Namen.

Durch ein offenes Fenster im zweiten Stockwerk hörte sie das laute metallische "RIIIING!" einer Klingel. Nicht gerade diskret!

Der Türöffner wurde betätigt.

Hinter Zarah knallte die Haustür ins Schloss.

Der Hausflur duftete nach blumigem Reinigungsmittel, reine, weiße Wände strahlten sie an. Es roch nach frischer Farbe.

Auf rot gefliesten Stufen stieg sie in den zweiten Stock.

Die Tür war bereits geöffnet, im Türrahmen stand eine freundlich dreinblickende junge Frau. Erwartungsvoll sah dem Neuankömmling entgegen.

„Hi, ich bin Maja, wir haben telefoniert, Willkommen!"

Die junge Frau reichte ihr die Hand.

„Komm rein!"

Zarah trat ein.

Der Flur war in Purpurrot getaucht.

Ein roter Samtteppich dämmte die Schritte.

An den rot tapezierten Wänden hingen Bilder mit eindeutigen Szenen. Schummeriges Licht rot getönter Lampen unterstrich das Ambiente.

Maja trug einen roten Seidenmorgenmantel, der dem Rot ihrer Haare Konkurrenz bot, unter dem Rand des Morgenmantels schauten rote Pumps hervor.

Die Farbe Rot dominierte augenscheinlich alles hier. Zarah lächelte in sich hinein. - Rot, die Farbe der Liebe. -

„Wir machen schnell einen Rundgang, ich habe gleich einen Kunden. Ich möchte dir wenigstens noch zeigen, womit du es bei uns zu tun bekommst."

Maja öffnete eine seitlich gelegene erste Tür. Der Raum beherbergte ein plüschiges, rotes Rundbett.

Drei voll verspiegelte Wände ließen das Herz eines jeden Voyeurs höher schlagen.

Silberne Kerzenständer waren im Raum drapiert.

Auf einem kleinen Tischchen stand eine Packung Kleenex, in einem Körbchen daneben lagen jungfräulich verpackte Kondome.

„Das ist unser Kuschelzimmer. Für die Normalos." Aha, so sah es aus, sehr normal. Und sehr gediegen.

Maja öffnete die nächste Tür.

„Hier ist der Bereich für Klinikfreunde."

Dieser Raum beherbergte einen gynäkologischen Stuhl.

Zarah erschauerte.

Rot geflieste Wände. Eine OP-Lampe stand mitten im Raum, im hinteren Teil des Zimmers ein stählerner OP-Tisch, darauf Klistiere.

Davor ein silberner Eimer. Ihr Blick schweifte weiter.

Ein Spritzenwagen mit medizinischem Besteck. An der Wand hingen weise Kittel und eine Gummischürze.

„Manche Kunden stehen total drauf, ich arbeite selten hier drin. Klinikspiele sind ziemlich angesagt. Meine Spezialität ist es nicht. Die Typen stehen echt auf die verrücktesten Dinge, was? Wenn die braven Ehefrauen daheim wüssten, welche Vorlieben der Herr Gemahl hat, die würden Augen machen."

Die Welt schien sich zu schnell zu drehen.

Zarah konnte der Fliehkraft des Planeten kaum widerstehen.

Sie hielt sich am Türrahmen fest. Déjà-vu.

Paul. Der Keller. Der Stuhl. Gott, hatte sie wirklich gedacht, sie erwartete hier ein Kinderspiel? Nur mit so was hatte sie nicht gerechnet. Nicht wirklich.

„Alles in Ordnung?" Maja schaute besorgt.

„Es geht schon, mir ist nur ein wenig schwindlig." Zarah winkte beruhigend ab.

Reiß dich bloß zusammen, überspiel das jetzt. Es gelang ihr.

„Du bist ganz blass! Soll ich dir erst mal einen Kaffee kochen?"

Maja schloss die Tür und hielt Zarah am Arm.

„Kipp mir bitte nicht um, du bist kreidebleich! Bist du sicher, dass der Job was für dich ist? Manche bekommen plötzlich Angst, wenn sie den Schritt wagen sich hier vorzustellen. Ich meine, so ganz normal läuft es ja nicht bei uns. Wenn du Angst bekommst, du musst ja nicht bleiben... Mir war das hier, als ich angefangen habe, auch unheimlich, aber das vergeht, sieht schlimmer aus, als es ist...!"

„Ach Blödsinn, es geht schon wieder, ein Kaffee wäre wirklich nicht verkehrt. Ich hab heut Morgen noch nichts gegessen, sicher ist mir deshalb ein wenig übel." Sie hatte sich gefangen.

In einem gemütlich eingerichteten dritten Raum, von Maja als Pausenraum für die Mädchen benannt, setzte Zarah sich auf ein überbreites Ledersofa, während die junge Frau den Kaffee zubereitete.

Ein Fernseher lief tonlos und zeigte Nachrichtenbilder aus aller Welt. In Togo liefen Leute wild fuchtelnd auf der Straße rum und drohten der Regierung mit Fäusten.

Die Türklingel rasselte.

„Ich muss dich erst einmal allein lassen, es dauert nicht lange."
Maja legte ihren Morgenmantel ab, darunter trug sie außer den Pumps nichts. Ihre Muschi war blank rasiert, ihre Brüste, etwas zu klein geraten, stellten die Warzen auf.
„Bis gleich, das ist John, der braucht nicht lange." Spöttisches Augenzwinkern, Maja huschte hinaus.

Gemurmel im Flur. Kichern, eine dunkle Stimme, wieder Kichern, im Flur schloss leise eine Tür.

Zarah sah sich um.
Das war dann also ein Puff von innen.
An den Wänden hingen zivile Fotos, Aufnahmen von Kindern und Männern, sicher die Familien der Mädchen. Normalerweise gehörten Familienbilder doch eher ins Büro auf den Schreibtisch als hierher an eine Wand. Familienidylle im Puff – klar, darüber hatte sie sich nie Gedanken gemacht. Die Frauen hatten Familien, Männer – aber was für welche? Welcher Mann konnte mit dem Wissen umgehen, dass seine Frau anderen Männern Lust bescherte? Vielleicht waren die ja auch alle pervers? So wie die Kunden hier?

Der Fernseher zeigte Bilder von Bränden in Kalifornien. Menschen wurden vermisst. Die Welt war so klein geworden, dank der Medien.

11

Auf dem Couchtisch lagen Illustrierte, zwischen Koch-ratgebern Hardcore. Bunte Zeitschriften aller Sparten.

„Demut und Unterwerfung" neben „Mein perfekter Bra-ten", neben „Mein Garten" die neueste Ausgabe von „Fick total".

Zarah blätterte ziellos.

Ein wenig später wieder Gemurmel im Flur, eine Tür fiel ins Schloss. Maja kehrte zurück.

Ihr Spalt glänzte feucht. Neckisch beobachtete sie Zarah, die auf ihren Schritt starrte. „Gefällt dir, was du siehst?"

„Äh, was?" Zarah errötete.

„So, da bin ich also wieder, war das gerade ein Ritt." Das Mädchen grinste.

„Der Typ ist von der schnellen Sorte, hammerhart, aber fix wie ein Wiesel. Den brauchst du nur anzusehen, und er kommt. Schnell verdientes Geld." Sie wedelte mit den Scheinen.

„Ich geh mich duschen. Komm, ich zeige dir das Bad."

Sie folgte der Nackten.

Das Bad war luxuriös ausgestattet.

Ein runder Whirlpool mitten im Raum, eine geräumige Dusche an der Wand, die gefliesten Wänden zeigten Mo-saikbilder erotischer Darstellungen. Fellatio dominierte.

„Du kannst dich hier mit Kunden zu Badespielen zurück-ziehen. Auch mal zu dritt oder viert. Der Pool ist riesig."

Das war er. Ein viereckiges Monster von einem Pool. Düsen und dem Wannenboden und an den Seiten.

Maja stieg in die verglaste Dusche.

„Und wenn dir beim Pissen oder Kacken einer zusehen will, dann kannst du mit dem auch in den Pool steigen. Manche lassen sich gern vollscheißen. Ich hatte mal einen, der hat sich die Kacke auf dem ganzen Körper verteilt, dann hat er sich einen gekeult, durch Scheiße an seiner Hand schmatzte, und er hat sich einen geklopft. Ich sag dir, auf den bin ich nicht gestiegen. Liegt da, wichst sich einen ab und bittet mich auf seinen Schoß – nee, da kann der mir noch so viel zahlen, ich lass mir dich nicht den vollgekackten Schwengel reinschieben."

Maja schüttelte das nasse Haar. „Was ist?"

„Nix." Sie grinste. „Ja, hier geht's manchmal zu, ich sag dir…"

Sie seifte sich ihre Brüste ein, wusch sich ihren Spalt, die Anwesenheit Zarahs machte ihr nichts aus. Im Gegenteil.

Zarah betrachtete sie ausgiebig. Ihre Blicke schienen willkommen.

Ein junges Ding, jünger als sie selbst, ebenmäßig gebaut, hübscher Po, grazile Erscheinung.

Maja benutzte eine Intimdusche, steckte sich den silbernen Duschkopf in ihre Möse und spülte sich innen.

Dabei bewegte sie den länglichen Duschkopf, der stark an einen Dildo erinnerte, lüstern vor und zurück. .

Sie spreizte die Beine, rieb sich etwas zu lang, um nur der Reinigung zu frönen.

Währenddessen betrachtete sie Zarah einladend. „Was ist, willst du mir helfen?"

Zarah schüttelte leicht den Kopf. „Mach das mal allein."

„Schade… Machst du es auch ohne Gummi? Halt dich bloß immer sauber, ansonsten hat der nächste Kunde den Mund voll Sperma. Der Geschmack hebt sich stark von dem deiner Muschi ab, die Typen wundern sich sonst." Maja grinste.

Sie trocknete sich ab, betupfte sich zärtlich zwischen den Beinen. „Willst du mir jetzt helfen?" – Kopfschütteln - und zog sich den Morgenmantel über.
„Geht es dir wieder gut? Ich zeig dir noch die beiden letzten Zimmer, komm!"

In einem abgedunkelten Raum stand ein großes, ledernes Bett, so schwarz wie die Latexbettwäsche darauf. Blaulicht als Beleuchtung.
„Unser Darkroom." An der Wand ein riesiger Kreuz. Peitschen, Handschellen, kleine und große Dildos, Riemen, Ketten.
„Hier erziehen wir unsere Sklaven oder werden selbst erzogen." Augenzwinkern. „Keine Sorge, du machst nur das, was du selbst auch willst."
Erinnerungen blitzten wieder in Zahra auf.
Ihr Magen lag schwer in ihrem Bauch, zu schwer. Der Taumel aber blieb diesmal aus.

Der letzte Raum beherbergte einen riesigen Wickeltisch. Darauf Cremes, Salben und Puder.

Teddybärentapete zierte die Wände, unterbrochen von einer Bordüre mit gelben Entchen.

Windeln, die ein Kleinkind ohne weiteres von Kopf bis Fuß warm gehalten hätten, waren ordentlich gestapelt.

Ein überdimensionales Gitterbettchen stand in einer Ecke, darüber hang eine Spieluhr.

Regale, mit Spielzeug vollgestopft, an den Wänden.

Schnuller und Rasseln, Milchfläschchen und Beißringe.

„Für das Kind im Manne." Maja grinste breit. „Manche wollen nie erwachsen werden. Ich sagte dir ja schon am Telefon, wir haben uns auf Spezialitäten eingerichtet.

„Und was meinst du, gefällt es dir bei uns?"

„Es ist ok." Zarah nickte. „Ich probiere es."

„Klar, aufhören kannst du jederzeit. Aber richtig Kohle verdienen auch. Leichter geht es nicht. Das meiste Geld zahlen nun mal die Speziellen. Ich hab schon mal auf der Straße gearbeitet. Die waren geizig, du glaubst es nicht. Blasen, ohne Gummi, nen Zehner! Und die Konkurrenz hat schnell mal zugeschlagen – nee, nix für mich, sag ich dir. Das war meine schlimmste Zeit." Maja.

In der Zeitungsannonce hatte unter der Rubrik „Erotik" das Gesuch „Spezielle Dienstleistungen, Mitarbeiterin gesucht!" gestanden, sehr speziell war es hier schon, zugegebenermaßen.

Allerdings auch ein hervorragendes Feld für ihre Studien. Zarah hatte gehofft, hier Antworten auf ihre Fragen zu finden. Ihre Erfahrungen mit Herrn Paul – noch immer verstand sie ihn nicht. Sicher, was sie momentan zu tun begriffen war, war völlig idiotisch. Sie bewegte sich gerade von einem Desaster in das nächste. Andererseits – vielleicht fand sie ihren Frieden hier – auf jeden Fall war sie neugierig. Und ihre neue Kollegin schien ok zu sein. Es kam auf einen Versuch an.

„Deine Kleidung sollte bunt gemischt sein. Krankenschwesternkittel haben wir, Latexkleider und Gummisachen müsstest du dir selbst besorgen, wenn du das auch machen willst. Hast du schon Erfahrung auf dem Gebiet?"

Kurzes Nicken. „Ich habe eine Menge Erfahrung."

„Für den Normalo reichen Strapse und dergleichen völlig aus. Machst du auch Frauen?"

Zarah schaute Maja verblüfft an.

„Ja, echt, guck nicht so. Zu uns kommen auch Frauen, zwar nicht oft, aber sie kommen. Mal sind es Paare, die gemeinsam etwas erleben wollen. Wir haben aber auch weibliche Singlekundschaft. Leckst du Muschis?"

Wieder ein kurzes Nicken, leicht abgewandt. „Ich sagte doch schon, ich kenne alles."

Ja, sicher leckte sie auch Muschis, für die eine von ihr befriedigte Muschi allerdings war das Leckspiel nicht gut ausgegangen.

„Ich lecke auch Muschis. Das ist schon geil, wenn eine voll auf mich abfährt. Ich lass mich auch gern lecken. Am liebsten habe ich Paare, der Typ bumst mich und ich lecke sie, das ist voll abgefahren, musst du auch mal probieren. Oder, was noch besser ist, er bumst und sie leckt – das ist der Hammer." Maja.
Zarah nickte stumm.

Maja schaute auf die Uhr.
„Der nächste Kunde gehört dir, wenn er dich will. Es ist ein ganz netter, ruhiger Typ, Marke Kindchenschema. Steht auf Pudern. Soll ich dich noch kurz einweisen? Oder kennst du wirklich alle Spielarten der Liebe?"
Spielarten der Liebe?
Spielarten der Liebe – war das hier Liebe? Hatte Herr Paul wirklich Recht gehabt?

RIIIING! Das Läuten der Klingel war nicht zu überhören.

„Ok, er kommt, nenn ihn Charly oder „mein Kleiner", da geht er voll ab. Ach ja, er trägt Windeln, mach dich auf was gefasst." Maja verdrehte noch einmal kurz die Augen. „Und Titten frei, er nuckelt gern. Das Höschen kannst du anlassen."

Zarah entblößte ihren Oberkörper. Es klingelte wieder. Na dann… sie war bereit.

In der Tür stand ein Mann Mitte sechzig.

Sein Gesicht wirkte rundlich, pausbäckig.

Die Augen verdeckt von einer dicken Brille. Weißes lichtes Haar. Zarah stand neben Maja im Flur.

„Hi, mein kleiner Charly, ich freu mich, dich zu sehen, groß bist du geworden."

Der Mann grinste dümmlich. Zarah hatte es ja so gewollt.

„Schau mal, wen ich hier habe, eine neue Amme für dich, willst du mal kosten?"

Sein Blick wanderte auf Zarahs Titten. Er patschte auf die Brüste, seine Hände schienen ungelenk.

Übler Geruch machte sich im Flur breit.

„Oh, oh, wer hat denn da die Windel voll? Schnell husch, husch zum Wickeltisch!"

Mit einem kleinen Schubs beförderte Maja den tollpatschig schwankenden Charly in den Raum mit der Teddybärentapete.

Die Tür schloss sich hinter Zarah und dem alten Baby.

„Dada! Mammam!" Charly starrte Zarah blödsinnig an.

„Ballllllllll!" Seine Hand deutete in Richtung Spielzeugregal. Mit allen ihr zu Verfügung stehenden psychischen Mitteln hielt Zarah sich vor dem sich anbahnenden hysterischen Lachkrampf zurück.

Sie nahm einen Stoffball und drückte ihn Charly in die Hand. Nein, das Grinsen war nicht aufzuhalten.

Es stank zum Himmel.

„Oh, du böses Baby, hast dich ganz vollgeschissen! Du kleine Sau, du!" In Charlys Augen sammelten sich Tränen. Er ging voll in seiner Rolle auf.

„Bäh, du kleiner Stinker! Zieh dich aus!"

Der alte Mann stand Hilflosigkeit imitierend vor ihr. Dieser Blick!

„Bist du ein kleiner Idiot?" Am liebsten hätte Zarah ihm kräftig auf den Hintern geklatscht, fürchtete jedoch eine riesen Schweinerei. Ihre „Arbeit" war so schon ekelig genug.

Sie öffnete seine Hose, der Gestank wurde fast unerträglich.

Hose, Strümpfe, hellblauer Pullover, Unterhemd, alles flog auf den Boden.

Charly wurstelte derweil mit seinen Fingern an ihren Brüsten herum und zeigte sich wenig kooperativ.

Plötzlich saugte er sich an ihrer Titte fest.

Reflexartig klatschte Zarahs Hand in sein Gesicht.

Ein hohes Weinen und Kreischen folgte, Charly stampfte auf den Boden.

Ihr Fingerabdruck hob sich hell von seinem hochroten, feisten Gesicht ab.

„Nein, später, hopp auf den Wickeltisch!"

Wenigstens musste sie ihn nicht auch noch hochheben, hierbei wäre ihre Mission spätestens gescheitert.

Die körperlichen Proportionen Charlys entsprachen sehr wohl denen eines Kleinkindes.

Pummelig, kurzbeinig, untersetzt. Nur eben überdimensional. Die Windel flog nebst Inhalt in den bereitgestellten Eimer.

Während Zarah das alte Baby sauber putzte, stellte sich sein Glied auf. Er gab gurrende Laute von sich.

Der Schwanz stand mickrig aufgereckt empor. Keine stattliche Größe.

Ihre Finger salbten seinen Po, fuhren über seine grau behaarten Eier, massierten seine Eichel.

Still lag das Riesenbaby da, genießend und brabbelnd.

„Komm, mein Kleiner, die Milchbar hat geöffnet!"

Am Boden lag eine Matte.

Zarah legte sich darauf, Charly neben sich.

Er saugte an ihren Nippeln und gluckste.

Sein Glied, klein und hart, lag zwischen ihren Knien. Er schupperte seinen Schwanz an ihrem Fleisch.

Zarah gab ihm einen Schnuller, an welchem er genussvoll schmatzte. Dann kniete sie sich neben ihn, cremte sein Gemächt und massierte es sanft.

Ein dünnes Rinnsal Sperma lief über Zarahs Finger.

Entspannt lag er da, schaute immer noch blödsinnig, deutete wieder auf ihre Titten.

Er wollte weiter saugen, und das tat er dann auch.

„Und wie war es? Ziemlicher Gestank, was? Den habe ich dir gern überlassen. Kannst du dir vorstellen, dass Charly im wirklichen Leben Geschäftsführer einer ziemlich großen Firma ist? Der Mann steht mitten im Leben, ist beruflich erfolgreich und kackt in Windeln.

Auch eine Art, sich zu entspannen und die ganze Scheiße loszuwerden."

Mit den Beinen wippend saß Maja auf der Couch und schaute Zarah breit grinsend an.

„Er ist ein Einzelfall, die meisten pinkeln grad mal in die Windeln. Charly verkneift sich glaube ich tagelang das Kacken, bevor er bei uns aufkreuzt."

„Puh!" Zarah ließ sich neben Maja auf die Couch fallen. „Dieser alte Scheißer!"

Beide grinsten.

„Im Krankenhaus windeln sie die Leute auch, nur zahlen die nicht so gut."

Prustendes Lachen.

„Dafür nuckeln die im Krankenhaus auch nicht an der Brust."

Das Lachen trieb ihnen die Tränen in die Augen.

„Wie lange machst du das schon?" Zarah.

„Ein Jahr fast. Eine Freundin hat mich hier eingeführt. Ich muss meinen kleinen Sohn und mich allein durchbringen, und so viel Kohle kann ich nirgends verdienen. Keinen Berufsabschluss. Was soll ich dir erzählen. Und du?"

„Ich möchte den Männern auf den Grund gehen."

Ungläubigkeit in Majas Blick.

„Der Liebe der Männer, nur der Liebe der Männer, ich möchte wissen, wie Männer lieben."

„Der was? Liebe? Alles findest du hier, aber doch keine Liebe."

Zarah winkte ab. „Naja, dann nennen wir es eben Studienbetreibung. Ich studiere männliche Verhaltensweisen."

„Wenn du meinst." Der Fernseher unterhielt sie bis zum nächsten Kunden. „Schatz, wenn du hier lernen willst, wie Männer ticken, verlierst du den Glauben an sie."

In den folgenden Tagen und Wochen lernte Zarah eine Menge über männliches Paarungsverhalten, welches in Anbetracht der Örtlichkeit schnell in Ejakulation mündete.

Sie teilte sich stets mit Maja das Studio, den anderen Kolleginnen begegnete sie kaum, maximal bei Schichtwechsel ein kurzer Blickkontakt. Ihr war es recht so.

Acht Frauen verdienten hier ihr Geld mit Liebesdiensten der besonderen Art.

Keine kannte den wirklichen Namen der anderen, um nicht erpressbar zu sein.

Zarahs Pseudonym war Babette.

Einige Wochen später.

„Heut kommt ein ganz besonderer Typ Mann. Sei vorsichtig, wenn er dich wählt! Der tickt nicht ganz richtig. Wenn du mich brauchst, ruf nach mir." Maja schaute besorgt.

„Er geht fast immer in den Dark Room. Soll ich lieber übernehmen?"

Den Dark Room hatte sie bisher gemieden.

„Nein, es ist schon ok." Es gab für alles ein erstes Mal.

„Riiing!" – In der Tür stand ein großer smarter dunkelhaariger Mann, Anzugträger, braune Augen, Mitte vierzig, leicht meliert.

„Meine Damen!" Er nickte zum Gruß.

In jeder Hand hielt er eine Rose. „Eine Rose für die Rosen der Nacht." Poesie hier an diesem Ort!

Zarah errötete leicht. Diese Aura! Sie war gefesselt von seiner Ausstrahlung. Etwas Animalisches ging von ihm aus.

Er blickte ihr tief in die Augen.

„Oh, was für ein schöner neuer Anblick. Darf ich mich vorstellen, ich bin Marcel."

Maja zog sich zurück.

Marcel wählte nicht den Dark Room. Er überließ Zarah die Wahl. Das war ungewöhnlich.

Sie wählte das Kuschelzimmer!

Zarah ging voraus, dicht hinter ihr Marcel.

Sie trug einen Morgenmantel, schwarze Spitze, darunter weiße Spitzenwäsche, einen Body ouvert und Strapse. Weiße Seidenstrümpfe unter halbhohen Lackstiefeln.

Zart streifte Marcel ihr den Morgenmantel von den Schultern.

Sie stand vor dem Bett, mit dem Rücken zu ihm.

Er strich ihre Haare zur Seite und küsste zärtlich ihren Nacken.

Winzige Härchen stellten sich wohlig auf. Zarah erschauerte.

Er drehte sie zu sich herum.

Seine Finger streichelten ihre Schultern, fuhren ihre Arme herab zu ihren Händen, führten ihre Finger an seinen Mund, küssten ihre Fingerspitzen.

Die Träger ihres Bodys rutschten von ihren Schultern, legten ihre Brüste frei. Hoch aufgerichtet stellten sich ihre Warzen ihm entgegen.

Er rieb sie zwischen seinen Fingern.

Seine Hände wanderten weiter nach unten, ihre Hüften herab. Er kniete sich vor ihrem Schoß.

Seine Finger betasteten zärtlich ihren Spalt.

Nässe war die Antwort auf sein forschendes Begehren.

Sein Finger schob sich in ihre Fotze, rieb sich in ihr, stieß sie.

Er legte sie auf das Bett und streifte ihr den Body herunter.

Marcel zog sein Hemd aus, ein wohlgeformter Oberkörper, glatt rasiert, leicht gebräunt, kam zum Vorschein.

Er kniete sich neben das Bett.

Seine Zunge wanderte in ihren Schoss.

Zärtlich umspielte er ihre Klitoris.

Seine Finger rieben kunstvoll ihre Vulva. Er brachte sie zur Ekstase. Bisher hatte das kein Kunde so vermocht.

Sicher war sie selbst auch oft erregt, nicht aber wie von diesem Mann.

Kurz fragte sie sich, wer wohl jetzt die Rolle des Dienstleisters übernommen habe. Sie würde ihn fürstlich entlohnen müssen.

Marcel streifte sich die Hose ab, legte sich auf Zarah.

Zwischen ihren gespreizten Beinen stand sein Schwanz pochend und pulsierend, drängte sich in ihre Scham.

Mit sanften Stößen fuhr er immer tiefer und fordernder in sie.

Schweigend, tonlos, verschmolzen.

Sie spielten in Symbiose auf der Klaviatur der Lust.

Zarahs Unterleib bäumte sich in Wollust auf. Ihre Pflaume troff vor Nässe.

Er sah ihr tief in die Augen.

„Genieße es, ich werde es dir gut besorgen. Ich werde dich in den Himmel ficken."

Die Stöße wurden härter. Zarah presste ihren Schamhügel fest an ihn und erwiderte die Bewegungen seines Unterleibes.

„Dreh dich um, ich will dir in den Arsch ficken! Das wird dir gefallen!"

Zarah legte sich auf den Bauch.

Er spreizte ihre Arschbacken, benetzte seine Eichel und fuhr sacht in ihren Anus.

Es war das erste Mal für Zarah, anal gefickt zu werden.

Mit der Hand rieb er ihre Scham, im Takt dazu bewegte er sich vorsichtig. Seine Eier schlugen an ihre Powölbungen.

„Warte!"

Er nahm einen der Dildos aus einem Regal, dann drang sein Schweif wieder in ihren Arsch. Der Dildo rieb an ihren Schamlippen.

„Los, nimm ihn, führ ihn dir ein! Fick dich selbst!"

Zarah schob sich den Dildo tief ins Loch. Rhythmisch ließ sie ihn zu Marcels Bewegungen tanzen.

Fast verging ihr Hören und Sehen.

Ihre Möse gierte immer wieder nach Orgasmen, und die bescherten der Dildo und Marcel ihr zur Genüge.

Dann kam auch er.

Sein Schwanz zuckte wild in ihrem Arsch. Er presste sie an sich und ergoss sich in ihr.

Zarah zitterte vor Begierde.

Es war lange her, dass sie so in Ekstase geraten war.

Nach der Angelegenheit mit Herrn Paul und ihrem Aufenthalt in der Psychiatrie, dem Studium und dessen Abschluss mit hervorragenden Ergebnissen fehlte ihr die Muse, etwas zu beginnen, von dem sie nicht wusste, ob es real sein konnte, oder alles enden musste wie bei ihren Eltern oder ihr und Herrn Paul.
War Liebe nur eine Mär, wie Paul gesagt hatte?
Genügend Anhaltspunkte fanden sich.
Beziehungen gingen immer wieder in die Brüche, es wurde belogen, betrogen, verlassen.
Die Statistiken sprachen auch nicht für die Liebe der Herzen auf Dauer. Scheidungsraten stiegen in die Höhe, Kinder verloren einen Elternteil.
Es war fast schon unanständig, keine Patchworkfamilie zu gründen.
Ihr Vater hatte ihr ein gut gefülltes Bankkonto hinterlassen, als er mit seiner asiatischen Ehefrau, die mittlerweile bereits ein wenig ihre Sprache beherrschte und sich seit zwei Jahren K. nennen durfte, wieder nach Asien aufgebrochen war.
Zarah wollte sich an die Quelle der Lust begeben, wollte erfahren, wieso Männer taten, was sie taten.

Und sie wollte kein Opfer mehr sein, dann lieber Täterin, Verführerin.
Durch einen Zufall fand sie, ohne danach gesucht zu haben, die Anzeige in der Zeitung.

27

Nun war sie hier. Ohne Geldnot, einfach aus Neugier und Wissensdurst heraus. Und aus Geilheit.

Hier konnte sie hemmungslos ihren Gelüsten nachgehen, ohne sich emotional zu binden.

Und jetzt wurde sie das erste Mal seit Jahren so gut gefickt, dass ihr Hören und Sehen verging, gefickt von diesem Marcel.

„Oh, Süße, du bist himmlisch. Meine kleine Rose der Nacht."

Marcel zog seinen tropfenden Schwanz heraus. Er küsste ihren Rücken, streichelte sie.

„Wir sehen uns bald wieder."

Als er ging, sehnte sie sich nach mehr.

Er war etwas Besonderes. Hatte er ihr durch diesen Meisterfick den Kopf verdreht? Etwas war in ihr geschehen.

„Ist alles ok? War er vernünftig? Der Typ ist mit unheimlich." Maja sah von der Ledercouch im Aufenthaltsraum zu Zarah auf.

„Wow, du siehst ja so was von glücklich aus! Dann kann es wohl nicht so schlimm gewesen sein."

Sie legte die Kochrezepte zur Seite.

Nackt stand Zarah vor ihr, die Möse noch nass, die Strümpfe herabgerutscht, sie trug noch immer ihre Stiefel.

„War er ok? Sieht so aus, oder?" Maja.

„Und ob, schau mal!" Zarah nahm Majas Finger und führte sie in ihre Möse.

„Er hat mir Multiorgasmen beschert. Der Typ ist der Wahnsinn." Maja kraulte Zarahs Scham.

„Sag bloß, dir gefällt das?" Sie massierte Zarahs glitschige Fotze. „Das hab ich mir doch gedacht." Majas schelmisches Grinsen.

Die Erregung, welche noch in Zarahs Schoß glühte, erhielt neue Nahrung. Zarah stöhnte und schob Majas Hand tiefer in ihren Schoss.

Maja stand auf. Sie legte ihrerseits die Kleider ab, küsste Zarahs Lippen voll Zärtlichkeit.

Zarah erwiderte den Kuss. Ihre Zungen berührten sich, umspielten sich zärtlich.

Sie knabberte an den kleinen Brustwarzen, küsste Majas Nabel, küsste ihre Scham.

Die beiden legten sich auf das Sofa.

Zarahs Begierde schien unendlich.

Sie wünschte sich Marcel zurück, zur Not tat es auch Maja.

„Ich will deine Freundin sein." Maja stöhnte.

„Bist du das nicht schon lange?"

Ihre Finger schoben sich immer wieder in die feuchte Grotte der anderen und wühlten die Begierde auf.

Es klingelte an der Tür.

„Warte kurz!"

Zarah wartete.

Maja brachte einen Kerl Anfang zwanzig mit.

„Du bist zum ersten Mal hier, stimmts, und willst deine Unschuld verlieren?"

Sie erhielten telefonisch ihre Termine vorgegeben, stets mit einem Hinweis auf Vorlieben und Wünsche der Kunden.

So wussten sie bereits im Vorhinein, welche Bedürfnisse es zu befriedigen gab.

Er nickte.

Schüchtern traute er sich nicht, auf den weit gespreizten Spalt Zahras zu sehen, welche ein Bein auf die Lehne der Couch drapiert hatte. Prall und fleischig präsentierte sie ihre Möse.

„Komm schon her, fass mich an! Dafür bist du doch hier." Er trat heran und berührte ihre nasse Fotze.

„Küss mich!"

Er näherte seinen Mund dem ihren.

„Nein, nicht im Gesicht, küss mein Loch!"

Er kniete sich vor ihren Schoss und küsste ihre feuchte Grotte. Nässe schlug ihm entgegen.

„Leck mich!"

Seine Zunge betastete ein wenig ungelenk aber begierig ihre Möse, dann drang seine Zungenspitze vorsichtig ein.

„Geh rüber, Süßer, wir zeigen dir mal, wie das geht!"
Majas Hand hielt einen doppelten Dildo, an zwei Seiten mit dicken Eicheln ausgestattet.
„Von wegen, alles hat ein Ende, der Dildo hat auch zwei, nicht nur die Wurst!" Triumphierend grinsend hielt Maja das Teil hoch. Maja, immer einen Scherz parat.
Der Bursche verfolgte das Treiben angespannt.
Seine Hand verdeckte seinen Schoss.

„Lass ihn raus, das muss doch weh tun!"
Der Kerl ließ seinen jungfräulichen Schweif frei. Riesig ragte er vor ihm auf.
Maja leckte noch einmal über Zarahs Möse, dann führte sie den Dildo ein, setzte sich ihr gegenüber auf das breite Sofa und genoss das andere Ende des Gummischwanzes.

Beide hatten je ein Bein über den Rücken des Sofas gelegt und drückten den Dildo so tief in sich hinein, dass ihre Mösen sich berührten und aneinander rieben.
Prall drang der Schwanz in beide ein und füllte sie aus.
Der junge Mann stöhnte bei dem Anblick. Seine Hand hielt einen höchst lebendigen Riemen.

Sie pressten ihre Scham aneinander.
Maja rieb Zarahs Klitoris, Zarah rief den Burschen heran.

„Komm her, ich lutsch ihn dir kräftig! Vorher musste du uns aber lecken!".

Der Typ tat sein bestes.

Er leckte die beiden ausgiebig, saugte an ihren Mösen, während sie sich gegenseitig fickten.

Zarahs Lippen umfassten seine Eichel, sie saugte nur zart, um dem Ganzen kein vorzeitiges Ende zu bescheren.

Dann überließen sie dem Burschen den Takt.

Er fasste den Gummiriemen in der Mitte und schob und zog abwechselnd beide Löcher befriedigend den Lümmel hin und her.

Mit der anderen Hand umfasste er seinen eigenen Schwanz und spritzte auf ihrer beide Fotzen. Er stöhnte und sein Samenstrom wollte nicht abreißen.

Die Kraft der Jugend seiner Lenden ergoss sich über sie.

Mit glasigen Augen schloss er später die Tür hinter sich, nicht, ohne sich bedankt zu haben.

„Wie niedlich!„

Das Geld lag auf dem Tischchen. Seinen Freunden konnte er nun etwas vorprahlen.

Zarah streichelte Majas geschwollene Möse und küsste sie zärtlich.

„Eigentlich stehe ich eher auf Männer."

„So, das sah mir aber grad nicht danach aus."

Beide lachten, Maja etwas weniger ehrlich.

„Hast du dich schon einmal in einen Kunden verliebt?"
Zarah.

„Das bringt nur Unglück, glaub mir." Maja.

Sie schliefen eng umschlungen Leib an Leib ein.

Der nächste Termin war erst in ein paar Stunden.

Tage später.

„Der ist für dich!" Es klingelte zum zweiten Mal.

Zarah warf sich den Arztkittel über, Stethoskop um den Hals.

In der Tür stand Peter, Anfang fünfzig, schmal, fast mager. Einen Kopf größer als sie.

„Guten Tag, Frau Doktor." Artig.

„Hier entlang, ich habe sie schon erwartet.

Ich bin die Vertretung für Frau Doktor Maja."

Klinikspiele – es gab die verrücktesten Sachen, die Männer geil machten.

Peter legte sich nackt auf den OP-Tisch im gefliesten Raum, unter sich eine Gummimatte.

Der Raum verursachte ihr immer noch Unbehagen.

„Ich habe Fieber, Frau Doktor, sie müssten bitte die Temperatur messen!

Sein Schniedel lag schlaff auf seinem Bauch.

Das Fieberthermometer, rektal eingeführt, zeigte 36 Grad.

„Oh, ja, das ist wohl eine sehr gefährliche Krankheit, die sie da haben. Ich gebe Ihnen erst einmal eine Spritze."

Harmlose Kochsalzlösung floss durch eine Kanüle in Peters Blutbahn. Die vielen Einstiche in seiner Armbeuge zeugten von Selbstinjektionen.

Der Schwanz ragte jetzt ein klein wenig nach oben.

Zarah überlegte sich, ob sie einen Einlauf machen sollte. Klistiere hatten bei einigen ihrer Kunden hervorragende Wirkung auf das Stehvermögen der Schweife, die Sauerei machte ihr mittlerweile nicht mehr allzu viel aus.

Immer noch besser als Windelkacker zu bedienen.

Sein Wunsch überraschte sie.

„Ich möchte sie auch einmal untersuchen, Frau Doktor. Darf ich?"

„Wollen sie mich abtasten?"

„Ja. Sehr gern, wenn sie bitte auf dem Stuhl Platz nehmen würden."

Panik machte sich breit.

Der gynäkologische Stuhl.

Herr Pauls Haus.

Endlose Stunden allein. Unangenehme Erinnerungen.

„Frau Doktor, bitte, ich würde so gern einmal sehen, wie sie im Inneren gebaut ist."

„Gut." Entspann dich!

Zarah setzte sich auf den Untersuchungsstuhl.

Peter stand nackt vor ihr. Sein Schwanz war zu voller Größe angeschwollen. Sie legte ihre Beine in die dafür vorgesehenen Halterungen.

Ihr Kittel rutschte hoch bis zum Bauchnabel. Darunter rosafarbenes, nacktes Fleisch.

Jetzt berührte sein Glied ihre freigelegte Scham.

Seine Eichel stand zuckend an ihrem Spalt und begehrte Einlass. Sie gewährte ihm diesen.

Ein paar Stöße später fiel sein suchender Blick auf ein Spekulum.

Er zog sich zurück, führte das Spekulum ein und spreizte ihr Innerstes, um das Geheimste erforschen zu können.

Zarah verkrampfte. Es gefiel ihr ganz und gar nicht.

Panik machte sich wieder breit.

Den Versuch, ihre Füße aus der Halterung zu heben, bremste seine Hand.

„Nicht doch, Frau Doktor, es ist grad so schön. Meine Aussichten sind hervorragend. Sie sind sehr schön gebaut."

Peter bearbeitete seine Eichel, während er begierig in die Tiefe ihres Lochs starrte. Seine Finger schoben sich in die Öffnung und tippten an ihren Muttermund. Es schmerzte. Sie stöhnte leicht auf.

Von einem Spritzenwagen gleich neben dem gynäkologischen Stuhl nahm er eine Kanüle. Diese schob er sich vorsichtig in seine Harnröhre.

Zarah wunderte sich über gar nichts mehr. Ihr wurde schlecht.

Der alte Mann stöhnte.

Wollüstig massierte er seine Eichel weiter, rieb immer kräftiger. Die Kanüle wippte im Takt.

Der Einblick, den ihm das Spekulum gewährte, bereitete ihm größte Wonnen.

Er leuchtete mit der OP-Lampe Zarahs Loch tief aus.

Dann nahm er eine zweite Kanüle, eine sehr lange, dicke vom Spritzenwagen.

„Das müssen sie auch fühlen, Frau Doktor! Das ist herrlich."

Die Kanüle näherte sich dem Spekulum.

„Aufhören, Peter, ich will nicht mehr, das Spiel ist aus."

Peter packte eines ihrer Handgelenke und wickelte es in Windeseile mit einer Binde an der Stuhllehne fest.

„Haben sie sich doch nicht so."

Panik.

„Hör auf, Peter!" Forsch.

„Halt still, du Schlampe, ich bezahl dich dafür!" Er wurde grob.

Das war zu viel. Zarah brüllte ihn an „Aufhören, sofort! Maj…"

Der alte Mann hielt ihr den Mund zu.

„Pssst! Nicht schreien, es tut nicht weh. Ich werde ganz vorsichtig sein."

Eine Spiegelung der Vergangenheit mit einem anderen Hauptakteur flammte in ihr auf und loderte hell.

Sie wollte nur noch weg, raus hier.

Er hielt bereits eine weitere Binde für ihr noch freies Handgelenk bereit. Das Zeitrad drehte sich rückwärts.

„Nicht wehren, das hat keinen Sinn, kleine Fotze, das wird dir schon gefallen. "

Er lehnte sich mit seinem Oberkörper über sie, um zu verhindern, dass sie ihre weit gespreizten Beine aus der Halterung heben konnte.

Angst umschnürte ihren Brustkorb, er packte mit eisernem Griff zu.

Mit der noch freien Hand tasteten Zarah auf den Spritzenwagen, ergriff eine aufgezogene Spritze und rammte sie dem Mann in den Hals.

Sie drückte den Kolben nach unten. Er sollte endlich aufhören! Der Inhalt war doch nur Luft. Luft!

Kurzes Röcheln, er sackte augenblicklich wie ein nasser Sack zusammen.

Sie starrte auf den am Boden liegenden Mann.

Seine Arme und Beine fingen an zu zucken. Schaum trat ihm vor den Mund. Seine Augen zeigten ihr Weiß.

Zarah schrie, sie schrie, konnte nicht aufhören.

Der Raum war genauso schalldicht isoliert wie Pauls Keller. Kein Laut drang heraus. Wie nur hätte Maja sie hören können. Niemand konnte sie hören, niemand.

Ihre Zähne schlug sie in die freie Hand, um die eigenen Schreie zu ersticken.

Still, ganz ruhig, reiß dich zusammen, atmen, ruhig, atmen.

Selbstmeditation war ein Teil ihrer Therapie in der Klinik gewesen. Es half nicht wirklich, nicht in dieser Situation.

Panisch wickelte sie sich die Binde vom Handgelenk.

Blicke zum Boden.

Er zuckte am ganzen Körper und fixierte sie starr. Das Gesicht verzerrt.

„Hilfe!"

Zarah stürzte aus dem Raum.

Der Aufenthaltsraum war leer.

Maja bediente den nächsten Kunden. Aus dem Kuschelzimmer erklang wollüstiges Stöhnen.

Ok, ok, ich muss ruhiger werden, sonst kann ich nicht denken.

Sie ging ins Bad und benetzte ihr Gesicht.

Noch ein Déjà-vu.

Wieder zum Klinikraum, vorsichtig blickte sie hinein.

Er lag in unveränderter Haltung, kein Zucken mehr.

Die Erektion hielt sich.

Zarah trat näher an ihn heran. Stupste mit dem Fuß seinen Arm. Nichts.

Der Brustkorb zeigte keine Atembewegungen.

Nein!

Was jetzt? Maja!

Sie klopfte leise, Stöhnen hinter der Tür.

Keine Antwort.

Wieder in den Klinikraum.

Peters Augen beobachteten mit gebrochenem Blick die Zimmerdecke.

Zarah würgte.
In einem Schrank lagerten grüne OP-Tücher, groß genug, den nackten Leichnam vollständig zu bedecken.

Im Kuschelraum wurde heftig weiter gefickt und gestöhnt.

Weg hier, bloß weg hier!

In Windeseile warf Zarah sich ihren Mantel über.

Sie kritzelte schnell ein „Sorry!" auf ein Zettelchen und legte es auf den Couchtisch.

Raus, nur raus!
Ihre Füße flogen die Stufen hinunter, kaum den Boden berührend.
Irgendwie würden die Mädels das schon bereinigen.
Es war ein Unfall, nicht ihre Schuld.

Die Bude war illegal, Diskretion nicht nur der Freier wegen gefordert. Scheiß drauf!

Keiner wusste etwas über sie als zivile Person. Die Füße flogen über Treppenstufen.

Die Mädels hatten zu ihrem eigenen Schutz keine Personalien angegeben und waren auch nie danach gefragt worden.

Die Organisatoren der besonderen Dienstleistungen kannte sie nicht, außer zu Maja hatte sie keine Kontakte zu den anderen gehabt.

Und Maja, was wusste die schon von ihr?

Nichts! Gar nichts.

Selbst Nachbarn hatte sie nie gesehen, die übrigen Wohnungen des Hinterhauses schienen menschenleer.

Ihr Auto stand stets ein paar Straßen weiter, reine Vorsichtsmaßnahme.

Nicht einmal ihre Automarke, geschweige denn das Kennzeichen, kannte jemand aus dem Studio.

Wer also hätte sie wegen eines Unfalls, wegen Selbstverteidigung, wegen dem Schutz ihres eigenen Lebens belangen wollen?

Peter hatte sie aufspießen wollen. Hatte sie mit einer riesigen Nadel in ihre Weichteile spießen wollen. Er war wahnsinnig – sie hatte sich schützen müssen.

Sich der Situation zu stellen kam ihr nicht in den Sinn.

Wozu Selbstbezichtigung?

Sollte Maja doch alles regeln.

Zarah wusste nicht, inwieweit die Sache mit Paul noch Wellen schlagen konnte, wenn erst einmal ihre Fingerabdrücke bei der Polizei bekannt waren.

Unter den jetzigen Umständen wäre eine Ermittlung unausweichlich.

Nein, viel zu gefährlich.

Ein Vergleich in der Datenbank der Fingerabdrücke hätte vielleicht ihre Anwesenheit in Herrn Pauls Haus ans Licht gebracht, hätte Fragen aufgeworfen, sie die Freiheit kosten können.

Zumal die Angelegenheit mit Paul nicht als Unfall zu deuten war, nicht mit allen Regeln anwaltlicher Kunst wäre sie da heraus gekommen.

Würde Herr Paul sie auch heute noch schützen?

Wohl kaum.

Geschworene würden nicht glauben, dass sie unverschuldet in zwei Situationen geraten war, die jeweils tödlich endeten.

Eine Vorverurteilung wäre allzu verständlich gewesen.

Lawinenartig wäre ihre endlich heile Welt um sie herum weggerissen worden.

Dieser Peter, wer weiß, was er noch hätte ergründen wollen? Vielleicht hätte er sie aufgeschlitzt, um wirklich alles zu sehen? Er hatte verdient, was passiert war, keine Opferrolle mehr, nicht für sie!

Ihre Schritte klapperten in der Dunkelheit auf dem Asphalt. Sie drehte sich um, niemand verfolgte sie.

Keine Schatten hinter ihr.

41

Schatten hatte sie nach der Sache mit Paul oft gesehen.
Sie hatte sich verfolgte gefühlt, beobachtet.
Aber es passierte nichts, gar nichts.
Erst hatte sie es als Ruhe vor dem Sturm interpretiert.
So ungeschoren konnte sie doch gar nicht davonkommen.
Dass Herr Paul alle Schuld auf sich genommen hatte, war
Ausdruck seiner Liebe zu ihr gewesen, ganz sicher.
Die wahren Beweggründe, sein Verhalten als Verant-
wortlichkeit für das Tun seiner Schülerin auszulegen,
wäre ihr nicht in den Sinn gekommen.
Sie wurde noch nicht einmal zu Pauls Verhältnis ihr ge-
genüber befragt, wie es einigen ihren Mitschülerinnen
passiert war. Es war einfach gewesen, sich von der Ver-
antwortung zu drücken, zu einfach.
Hatte sie je Reue empfunden?
Bilder einer blutenden Frau, eines in Blut gebadeten
Mannes verfolgten sie jahrelang alptraumhaft.
Ihre Opfer vertauschten in ihren Träumen die Rollen mit
ihr, schlachteten sie ab, fesselten sie hilflos, um ihr die
Weiblichkeit zu nehmen, ihre Geschlechtsorgane zu ent-
fernen, sie zu verstümmeln.
Reue war das falsche Wort.
Angst?
Echte Angst vor der Rache ihrer Opfer, die ihrer eigenen
Rache erlegen waren?
Nein, nur Alpträume, surreale Verfolgungsvorstellungen.

Aber Zarah war kein Opfer, auch kein Opfer ihrer selbst, würde es nie sein, nicht wie ihre Mutter, die zu schwach gewesen war, ihrer Rolle auf andere Weise zu entfliehen, als ganz aus dem Leben zu scheiden.

Und jetzt sollte sie selbst versagen?

Nein, sie würde eine Weile untertauchen, diese Stadt war ohnehin nicht das Richtige für sie.
Vielleicht aufs Land? Ja, das würde ihr sicher gut tun, Stadtluft hatte sie fürs erste genug geatmet.
Ruhiges Leben auf dem Land, ganz ruhig, das klang gut.
Ihre Studien hatten bisher nur eine Erkenntnis gebracht – Männer schienen alle gleich zu sein, schwanzgesteuert und untreu.

Viele hatten über ihre Ehefrauen geklagt, wie gehemmt diese wären, wie bieder, ohne Interesse an Experimenten.
Dann doch lieber ins Bordell.
Paul schien nicht Unrecht gehabt zu haben.
Wie unangenehm.
Sie hatte in dieser Stadt genug gesehen.

Dieses subtile Häuschen auf dem Land wäre das richtige für sie. Sie startete ihren Wagen, mit neuem Ziel, neuen Ideen, die sie aus dem Dilemma herausbringen würden.

Den Rest der letzten Nacht verbrachte sie in einem heruntergekommenen Motel.

Auf der Suche nach einem Unterschlupf war ihr das ZU VERMIETEN Schild ins Auge gefallen.

Ein kleiner Garten, bepflanzt mit Blumen in Hülle und Fülle.

Ein Mandelbäumchen stand in voller Blüte, zartrosa, ein Augenschmaus.

Fast schon surreal wie aus einem Bilderbuch zeigte sich die Natur ob ihrer Farbenpracht.

Harmonie pur.

Um dem ganzen noch den Sahneklecks des Kitsches zu verleihen, hatte der Eigentümer einen Marmorbrunnen aufstellen lassen, dessen Plätschern das Zwitschern der Vögel untermalte.

Eine weiße Bank stand im Schatten einer Linde.

„Gut, ich miete es."

Die Jahresmiete Kaution konnte Zarah ohne große Belastung ihres Kontos mühelos aufbringen.

Ein Kleinod, welches seinen Preis hatte. Geld war kein Problem, danke Papa.

Die Räume waren mediterran eingerichtet.

Große Fenster, eichene Dielen, rustikale Möbel.

Eine offene Küche ließ viel Spielraum, ihre unterforderten Kochkünste zu verfeinern.

Das Schlafzimmer mit dunklen Holzschränken bestückt, ein Himmelbett, Felle auf den Holzdielen.

Was wollte sie mehr, all das gehörte jetzt ihr.

Stille, Ruhe, Frieden.

Ihre Sachen würde sie irgendwann einmal aus der Stadt holen, oder doch lieber holen lassen. Aber wen hätte sie schicken sollen?

Zarah warf sich auf das Bett.
Weiche Daunen umfingen sie. Ihr wurde wohlig warm und der Schlaf bescherte traumlose Entspannung.
Sie erwachte in der Dämmerung. Ob die Nachrichten schon etwas über Peters Ableben bringen würden?

Nein, kein Wort über den alten Mann. Es war gerade einen Tag her.

Zarah benötigte frische Kleidung.
Ein schwarzes Etui-Kleid, welches sie noch im Studio getragen hatte, Pumps, eine leichte, schwarze Jacke, mehr war ihr bei ihrem überhasteten Aufbruch nicht geblieben.
Sie musste selbst zurück in die Stadt.
Was sollte schon passieren. Sie würde sehr vorsichtig sein.
Die Scheinwerfer ihres Wagens erhellten mit ihren Lichtkegeln die schmale, menschenleere Straße.
Nachts drei Uhr.
Kein Licht drang aus den Fenstern der Häuser.
Seelig die Schlafenden.

Sie stellte den Motor ab.
Blieb im Wagen sitzen, fünf Minuten, zehn.

Eine schwarze Katze schlich vorbei, vielleicht auf dem Weg zu einem Rendezvous.

Zarah beobachtete die Gasse.

Keine Bewegung, auch nicht in den geparkten Autos rechts und links der Fahrbahn.

Sie stieg aus, schloss leise die Tür des Wagens, ihren Schlüssel einzeln in der Hand, um ein Rasseln des Bundes zu vermeiden. Öffnete die Haustür. Ihre Schuhe blieben im Wagen.

Sie bot der Katze Konkurrenz in der Disziplin lautloser Fortbewegung.

Das Treppenhaus blieb dunkel, sie brauchte kein Licht.

Zarah schlich auf nackten Füßen die Stufen hoch. Den Fahrstuhl benutzte sie nicht, zu laut.

Die Tür ihres Lofts verschlossen wie von ihr verlassen, ohne Anzeichen gewaltsamen Eindringens.

Sie tastete sich in ihrer Wohnung vorwärts.

Die Taschenlampe.

Den Lichtkegel der Stablampe bedeckte sie mit einem dünnen Tuch. Keine Fahrlässigkeit jetzt, lieber zu vorsichtig als ein Patzer. Wenn ihre Wohnung beobachtet wurde, sollte kein Schein durch die hohen Fenster nach außen dringen.

Eilig packte sie ihre Habseligkeiten zusammen.

Kleider, Blusen, Hosen, Schuhe, sie warf alles in zwei große Koffer. Die Fotos ihrer Familie oben auf. Bücher, Dokumente, Kosmetika, geschafft.

Hatte sie etwas vergessen?

Halt, die Annonce des Studios lag auf dem Schreibtisch. Eine direkte Verbindung von ihr zu Peter. Hastig legte sie sie in den Koffer.

Das Loft verließ sie gern, zurückkehren wollte sie auf keinen Fall noch einmal.

Ein Jahr hatte es ihr ein Dach über dem Kopf geboten, zu wenig Zeit, um sich zu Hause zu fühlen.

Die ganze Stadt war ihr fremd geblieben, nun auch noch gefährlich geworden.

Zarah hatte an die einhundert Kunden bedient. Wenn nur einer sie auf der Straße erkannte, Maja sie vielleicht verpfiffen hatte, und ein Phantombild von ihr die Nachrichten zieren würde?!

Und nicht nur Kunden. Nachbarn, sonst wer, der sie sah.

Phantombild – sie musste ihr Aussehen verändern!

Zarah trug mucksmäuschenstill die schweren Koffer in ihr Auto.

Nur fort von ihr.

Die Katze huschte in Begleitung einer zweiten lebensmüde knapp vor den Rädern ihres anrollenden Wagens vorbei. Doch ein Date gehabt, Miez?

Sie sollte sich eine Katze zulegen.

Hätte sie nicht den beiden Katzen hinterher gesehen, die mit erhobenen Schwänzen hinter Mülltonnen verschwanden, sondern stattdessen in den Rückspiegel geblickt, wäre Zarah aufgefallen, dass ein weiterer Wagen langsam seine Parklücke verlies, vorerst ohne Licht fahrend.

Der Wagen folgte ihr unauffällig.

Phantombild.
In der Nacht noch verkürzte sie ihre schulterlangen Haare um zwei handbreit.
Ihr Bett bot ihr kaum einen Ruhepol. Schlaflos warf sie sich immer wieder hin und her.

Der alte Mann, die Kanüle in seinem Penis, glasige Augen, Schaum vor seinem Mund, die Bilder brannten sich tiefer und tiefer in ihr Hirn, je mehr sie sie Revue passieren ließ. Zarah konnte ihre Gedanken nicht verbannen.

Kurz vor Sonnenaufgang. Motorengeräusch. Sie stand am Fenster. Vor dem Haus rollte ein Wagen vorbei. Zu langsam, fand sie. Abgeblendetes Licht.

Der Wagen fuhr weiter.

Während das Blondiermittel einwirkte, verfolgte sie die Nachrichten im TV. Unwetterkapriolen, Kriege, ein Raubüberfall mit tödlichem Ausgang. Nichts über ihre Tat.

Ein Blick in den Spiegel.
Zarahs nun mittellanges Haar leuchtete in Blondtönen.

Die Haarfärbung veränderte sie, ihr Gesicht wirkte weicher, femininer. Nicht schlecht. Die Haarfarbe stand ihr wirklich gut.

Auf in das nahe Städtchen.

Beim Optiker fand Zarah eine dunkle Brillenfassung. Laut Aussage der Beraterin war sie nicht die erste Kundin, die zur Steigerung des optischen Intellektes mittels ungeschliffenen Glases Eindruck schinden wollte.
Das schien gerade ziemlich In zu sein.
Ein neuerlicher Blick in den Spiegel zeigte ihr eine Fremde. Intellektueller, ein wenig streng dank der kantigen schmalen schwarzen Brille, älter wirkend. Nicht unattraktiv.

Wieder daheim. Nachrichten. Nichts Neues von Peter.
Zarah wusste nicht so recht, was mit sich anzufangen.
Die Befürchtung des Entdecktwerdens wich nicht, sie musste sich ablenken. Irgendwie.
Sonst würde sie noch wahnsinnig vor Angst.
Der Fernseher bot auch nicht die gewünschte Ablenkung.

Kochen? Appetit fehlte ihr zurzeit gänzlich. Lesen? Nein, dazu fehlte ihr die innere Ruhe. Internet? Internet!
Die Suchmaschine brachte keine neuen Erkenntnisse über Peter. Chatrooms. Es lebe die medial verlinkte Zeit.
Keine Einsamkeit in der Einsamkeit des zu Hauses.

Es gab da draußen Millionen von Usern, die nichts anderes zu tun hatten, als ihre Zeit mit Gesprächen via Tastatur totzuschlagen. Die Gegenüber fast immer unbekannt.

Chatrooms über Chatrooms.

Alle Themen, alle Interessensgebiete, alle Bereiche.

Was eigentlich gab es nicht an Informationen zu finden via Google und dergleichen?

Thema Liebe, die echte, die wahre.

Warum war sie nicht schon lange darauf gekommen?

Auf welche Frage eigentlich konnte das Internet keine Antwort geben?

Eine Weile schaute sie sich die Wortergüsse der anderen Chatteilnehmer an, lapidare Themen, alle mochten sich, alle liebten sich, wie harmonisch.

Dann stellte sie die Frage nach DER Liebe.

Es folgte eine Flut privater Nachrichten. Zustellung per Mail. Zarahs Online-Briefkasten quoll über.

„Martin" wollte es ihr mal ganz toll besorgen. Hm, nichts Neues.

„Der Don" hatte seine Eier prall gefüllt.

Nannte sich der Chatraum nicht DIE WAHRE LIEBE?

Sie war wohl aus Versehen im Porno-Chat gelandet?

„Jesus" liebte sie, der war also auch online.

„Charmeur" wollte ihr gern seine Liebeskünste vorführen. Ein Künstler? Welche Form seine Kunst wohl annahm?

„Christopher Kolumbus" bot ihr an, gemeinsam neue Länder der Liebe zu erkunden, sehr einfallsreich.

Mein lieber Christopher, ich war schon in Ländern, welche auf deiner Karte für alle Zeit einen weißen Flecken darstellen werden.

„Cherry" stand auf Geschlechtsgenossinnen, nur Frauen konnten wissen, was Frauen wollten. Hatte sie das nicht schon einmal gehört?

Der „Philosoph" bat um einen regen Gedankenaustausch und wollte mehr über sie erfahren, vor allem wissen, warum sie die Frage nach DER Liebe stelle, ob sie schon einmal enttäuscht worden sei.

Die Sonne warf ihre letzten schwachen Strahlen des Tages.

Peter – in den Nachrichten hatte man kein Wort für ihn übrig.

Hallo, Philosoph, wurdest du denn schon einmal enttäuscht?

Keine Antwort.

Der Schlaf kam dieses Mal schneller. Marcel besuchte sie in ihrem Traum. Er nahm sie von hinten, fickte sie bis zur Ekstase. Marcel – ihr letzter wahrer Liebhaber.

Mit nassem Schritt, die Hand in ihrem Schoss, erwachte Zarah. Das Pulsieren ihres Schosses war mächtig.

Süße Träume. Marcel. Leider waren Zeit und Ort für ihr erstes Rendezvous zu unpassend gewesen, um mehr daraus werden zu lassen. Die Bitte nach seiner Telefonnummer hätte ihn überrascht. Und es stand ihr auch nicht zu, nicht als bezahlte Geliebte.

Vor dem Haus patrouillierte ein Wagen, seine Scheinwerfer krochen langsam die Zimmerdecke entlang.

Unfug, sie warf sich auf die Seite, suchte die Anknüpfung an die Ektase des Traumes. Eine Fortsetzung folgte nicht.

Dafür besuchte Peter sie in ihrem Traum.

Er steckte sich ein Spekulum in die Harnröhre und dehnte seinen Penis, bis dieser in blutigen Streifen hängend an ein geplatztes Kanonenrohr erinnerte.

„Frau Doktor, das tut sehr gut", sagte er.

Schweißnass saß Zarah aufrecht im Bett, klopfendes Herz, Panik, geweckt von ihrem eigenen Schrei.

Die Scheinwerfer eines Wagens standen fest an ihrer Zimmerwand. Sie schlich ans Fenster. Der Wagen rollte davon. Marke und Insassen waren der Dunkelheit wegen nicht auszumachen. Den Rest der Nacht verbrachte sie ohne einen erinnerbaren Traum.

Der nächste Morgen, Kaffe und Nachrichten. Peter fand im Fernsehen keine Erwähnung.

Eine Mail vom Philosophen, der, oh ja, sehr enttäuscht worden war, und oh ja, trotzdem noch an die alles überdauernde, immer fortwährende Liebe glaubte.

Aha, wenigstens ein Mann schien der Liebe zu huldigen.

Zarah schlüpfte in ihren Morgenmantel.

Sie setzte sich in den Garten, den Becher Kaffee neben sich. Die Morgensonne schien bereits kräftig.

Sie lüpfte den Mantel und spreizte die Beine.

Die Strahlen der Sonne kitzelten ihre Brüste, liebkosten ihre Möse, ein wohlig warmes Gefühl stieg in ihr auf.

Sie rieb sich ihre Fotze, spreizte die Schamlippen, um so viel wie möglich Wärme einzufangen.

Sie sah sich um.

Hohe Hecken, kein Nachbar zu sehen.

Die Büsche verdeckten sie vor den Blicken aus den Fenstern neugieriger Anwohner.

Sie rieb ihre Möse kräftiger.

Ihr Finger spielte im Saft, massierte ihre Klitoris.

Marcel – der Traum der Nacht verkehrte sich in einen Tagtraum.

Zarah führte einen zweiten Finger ein, in ihren Arsch.

Die Erinnerung an Marcel wurde dadurch noch realer.

Sie fickte sich gleichzeitig mit beiden Händen.

Saß auf der einen Hand, den Finger im Anus, die andere Hand jagte ihre Möse in Ekstase. Mit hoch aufgerecktem Schamhügel erlebte sie Orgasmen, nicht wissend, dass ein Augenpaar heimlich ihrem Treiben folgte.

Zuschauen war dem heimlichen Beobachter nicht genug.

„Darf ich helfen?"

Vor dem Tor stand der Postbote!

Warum nicht gleich der Milchmann?

Zarah schlug den Mantel zu.

Ihr Finger hätte ihr so gern den Hügel der Wollust erneut zu erklimmen geholfen.

„Keine Sorge, machen sie ruhig weiter, ich störe mich nicht daran."

Er kam näher. Süßer Typ, ihr Alter, blaue Augen, blondes Haar.

„Ich wollte ihnen nur diesen Brief bringen." Dickes Kuvert.

Sein Schwanz drückte sichtbar gegen seinen Hosenstall.

Wie aus Versehen rutschte der Morgenmantel zur Seite und legte die Scham erneut frei, leicht gespreizt.

Sein Blick darauf gerichtet.

„Sie haben einen schönen Schlitz!"

Das war ziemlich verwegen, Zarah hätte eher ein Erröten erwartet. Der Bursche befand sich noch nicht in dem Alter der Unverfrorenheit.

Er hockte sich einfach vor sie hin und beschaute ihre Grotte.

„Wirklich sehr schön, dieses Loch! Haben sie niemanden, der sich darum kümmert?" Schon ertastete er ihre Schenkel, wanderten seine Finger immer weiter in Richtung Scham.

Er schaute ihr in die Augen, einen Widerstand erwägend, der nicht vorhanden war.

Seine Finger streichelten über ihren Nabel.

Seine Hand umfasste ihre Pflaume und drückte sie leicht.

„Sie haben da ein sehr nasses Loch. Nass und leer."

Mit dem Mittelfinger stocherte er vorsichtig die Tiefe aus, während seine Handfläche zart ihre Schamlippen rieb.

Dann tastete sich seine Zunge über den Unterbauch in Richtung Schamhügel. Sie durchwühlte sein Haar und drückte seinen Kopf in ihren Schoss. Kräftig schob er die Zunge in sie. Zarah legte sich zurück, lag lang ausgestreckt auf der Bank.

„Ich bin Ben, der Postbote."

Er öffnete den Hosenstall, ließ das störende Kleidungsstück in seine Kniekehlen rutschen.

„Ach, ehrlich, ich dachte, du bist der Eiermann!" Schelmischer Blick, ein Griff an sein Gemächt.

Sie zog ihn zu sich herunter.

Er legte sich auf sie und drang in sie ein.

„Na, deinen Schwanz brauchst du auch nicht zu verstecken."

Hart, kräftig, dick. Sie stöhnte schwer.

Tat das gut.

Seine Eichel arbeitet sich hervorragend in sie ein.

Mit kräftigen Stößen brachte Ben sie zum Höhepunkt, noch einer an diesem Morgen. Und jetzt war ihr Loch prall gefüllt, viel besser als mit einem eigenen Behelfsfinger.

Wer hätte das gedacht?

Dieses Haus bot noch andere Annehmlichkeiten als nur Natur, Ruhe und Beschaulichkeit. Sogar ein gut fickender knackiger Postbote war inklusive.

Nach der unerwarteten erotischen Morgengymnastik schickte sie den fleißigen Postmann seiner Wege.

Frisch geduscht und entspannt setzte sich Zarah vor die Nachrichten, die nun gar nicht mehr so wichtig waren.

Was guter Sex so bewirkte, die Welt schien weniger bedrohlich.

Dieser Ben sollte öfter vorbeikommen.

Wenn sie zu wenig Post bekäme, würde sie sich selbst Briefe schreiben müssen. Ihr Kuvert lag noch neben der Bank – kein Absender.

Sie öffnete den dicken, leichten Umschlag.

Darin Zellstoff. In den Zellstoff eingewickelt, um sie auf ihrer Reise vor Beschädigungen zu schützen, eine getrocknete Rose.

Ihre Beine wurden weich.

Wie war das möglich, wie hatte er sie gefunden?

Wenn er sie gefunden hatte, dann würde jeder sie finden.

Wieso hatte er sie gefunden, wieso hatte er sie gesucht?

Die Erde schwankte wie ein Schiff auf hoher See.

Panik.

Die Nachrichten – kein Peter.

Das Internet – kein Peter.

Es ging nicht um Peter, oder?

Es ging um sie.

Er hatte sie gesucht um ihrer Willen, nicht um sie zu jagen, sondern um sie wieder zu sehen. Das war die einzige Erklärung. Aber wie hatte er das geschafft? Wie hatte er sie finden können? Und was wollte er von ihr?

Ihr fiel der Wagen ein, den sie mehrfach des Nachts vor ihrem Haus hatte herumfahren sehen.

Irgendwie ergab es keinen Sinn, aber er fand wohl, dass es für ihn sinnvoll genug war, zu tun, was er tat.

Eine Rose.

Sie hatte ihn nur einmal gesehen, die Begegnung war intensiv, aber er war nur ein Kunde gewesen.

Und er hatte ihr eine Rose geschenkt, hatte sie Rose der Nacht genannt. Jetzt ein neuerliches Präsent von ihm.

Keine Nachricht, nur diese Rose.

Der Briefumschlag enthielt weiter nichts.

Ein Abschied?

Eine verwelkte Rose als Ende einer Obsession, die sich auf eine Stunde bezahlten Sex berief?

Sie interpretierte zu viel hinein. Das ergab nicht wirklich Sinn.

Wieso sollte Marcel sie ausfindig machen. Nein, es gab plausiblere Erklärungen, sicher. Eine Antwort würde sie hier und jetzt nicht finden.

Ihre Fassung kehrte langsam zurück.

Ablenkung!

Internet!

Der Philosoph beschrieb seinen Kummer über die uner-
widerte Liebe zu einer Frau.
Vielleicht sollte er lieber die Zeit darin investieren, diese
Frau zu überzeugen, seine Liebe wert zu sein, anstatt im
Web seinen Schmerz auszuleben.
Zarah riet ihm, nicht locker zu lassen.
Poesie war eine gute Basis, um die Seele der Angebete-
ten zum Erklingen zu bringen. Und Poesie schien der
Philosoph zur Genüge zu besitzen.
Seine Liebesbriefe, gewidmet einer Frau, die gar nichts
über seine literarischen Ambitionen zu wissen schien,
gesandt an Zarah, um sie von der Echtheit der Liebe zur
Unbekannten zu überzeugen, quollen über von aus-
drucksvollen Worten und Wortspielereien, alle an die
eine gerichtet, die von ihrer Wichtigkeit für eben diesen
Dichter nicht überzeugt zu sein schien, oder aber einfach
nur keine Gegenliebe zu erübrigen hatte.

Traurige Welt der gebrochenen Herzen, aber solange die
Hoffnung lebt, lebt der Mensch, war es nicht so?
Hatte ihre Mutter die Hoffnung verloren, damals?

Zarah kümmerte sich um die Blumen im Garten.
Zwei Rosenbäumchen, rote und weiße Knospen, waren
im Öffnen begriffen. Rosen, der Briefumschlag – Marcel.
Marcel.
Hauptakteur ihres Tagtraumes. Perfekter Spieler der Kla-
viatur ihrer Ekstase.

Ben, obwohl nicht schlecht, schnitt gegen ihn farblos ab, wie manch anderer.

Der Postbote war gut, Marcel war himmlisch.

Ihr Kennenlernen fand zur falschen Zeit am falschen Ort statt. Aber wenn nicht da, dann wohl nirgends.

Wie hoch war denn schon die Wahrscheinlichkeit, dass sie Marcel rein zufällig irgendwo begegnet wäre?

Also doch nicht der falsche Ort, sondern der einzig mögliche? Sie machte sich zu viele Gedanken, viel zu viele.

Unfug.

Was auch immer die Rose zu bedeuten hatte – sie musste ihm die Spielregeln überlassen. Sie hatte keinen Einfluss darauf.

Zarah schlenderte ins Haus zurück, Rosenköpfe der Rosenbäumchen in der Hand, sie würden ihr Zimmer schmücken. Und Marcel ein wenig näher holen, wenigstens in der Erinnerung. Die Blüten standen kurzstielig in der Vase neben dem Fernseher.

Nachrichten liefen über den Bildschirm. Ein lebloser Körper war gefunden worden. Zarah stockte der Atem. Geschlecht noch nicht ermittelt. Ein Gewaltverbrechen wurde vermutet.

Es war soweit. Peter! Zarah folgte den durch Rundumleuchten von Polizeiwagen zerrissenen Bildern. Unbekannte Leiche.

Noch kein Abgleich mit Vermisstenmeldungen.
Laut ersten Erkenntnissen der Gerichtsmedizin seit über
einem halben Jahr im Wasser liegend. Erleichterung.
Aufatmen.

Ihr Schlaf war tief und schwer. Bilder von Marcel, Maja,
die sie warnte. Wirre Träume. Kein Peter.

Die Morgennachrichten.
Die gestern gefundene Wasserleiche war weiblich, wahrscheinlich eine todessehnsüchtige, seit längerem Ver-
misste. Genaue Untersuchungsergebnisse standen noch
aus.

Der Philosoph hatte ihr ein neues Gedicht geschickt. Laut
seinen Zeilen musste er ein gottgleiches Wesen verehren.
Vielleicht war er ja einfach nur zu nervig und aufdring-
lich gegenüber der Umworbenen und diese deshalb so
zugeknöpft?
Zarah selbst hätte die gesalbten Worte auch nicht jeden
Tag ertragen wollen.
Sie riet ihm zur Männlichkeit.
Er solle seiner großen Liebe ein wenig die kalte Schulter
zeigen, vielleicht hätte er damit mehr Erfolg. Auf allzu
deutliche Liebesbeweise schien jedenfalls keine Gegen-
liebe zu erfolgen.
Der Philosoph fand die Idee nicht gut, es wäre nicht seine
Art, Liebe zu verleugnen.

Ach was, sollte er doch machen, was er wollte, wie kam sie denn dazu, ihm in Liebesangelegenheiten Ratschläge zu erteilen. Sie hatte genug eigene Sorgen.
Und ihre eigenen Erfahrungen in Liebesdingen waren bisher auch nicht die besten gewesen.
Wie also sollte sie ihm eine echte Hilfe sein?
Brauchte sie doch selbst Antworten auf die Fragen vom Philosophen.

Ihren Kaffee trank sie auf der Bank in der Morgensonne.
Den Morgenmantel leicht gelüpft.
Keine Post heute – schade.

Zarah fuhr in die nahe Kleinstadt.

Sie testete die Wirkung ihrer neuen Erscheinung auf die Männerwelt. Das ungewohnte Styling brachte ihr keinesfalls Minuspunkte.
Männerblicke wanderten ihre Beine hoch, hangen auf ihrem Dekolleté, ihre Brüste wippten herausfordernd zum tänzelnden Schritt.
Zarah fühlte sich wunderbar, frei, beschwingt.

Die Welt war schön, sie war jung und attraktiv, lebendig. Im Gegensatz zu Peter. Die düsteren Gedanken schwappten immer wieder in ihr hoch.

Ein kleines Straßen-Cafe lud zum Verweilen ein.

Das Treiben in dem kleinen Gässchen war verhalten. Sie schmökerte in ausgelegten Zeitschriften, genoss die Sonne auf ihrer Haut, ließ die Seele baumeln.

An einem Tischchen nebenan nahm ein älteres Paar Platz.

Ungewollt wurde sie Zeugin eines Streitgespräches.

Die Frau, klein, pummelig, schweißtriefend, beschimpfte ihren Begleiter mit keifender Stimme ob seines Desinteresses am Einrichten des gemeinsamen Wohnzimmers.

Bisher waren die beiden wohl in den Möbelhäusern nicht fündig geworden, dem Mann war die Lust an weiteren Aktivitäten in Einrichtungshäusern für den Tag vergangen. Er versuchte, zu beschwichtigen, war aber ziemlich erfolglos.

Zarah blinkerte ihm zu.

Sein verwunderter Blick, ein zaghaftes Lächeln an seiner Frau vorbei, barsche Worte derselben. „Außerdem wollte ich alles in hell, du mit deinem düsteren Möbeltick. Bei dir ist ja alles duster, dein ganzes Leben ist düster."

Sie redete sich in Rage. Nasse Flecken unter ihren Achseln. Ihr saurer Schweißgeruch wehte zu Zarah herüber.

Zarah verdrehte die Augen, lächelte dem alten Mann zu.

„Du bist schrecklich öde. Ich könnte kotzen." Sehr barsch.

„Schatz, bitte nicht so laut, wir sind nicht allein hier." Er legte beruhigend seine Hand auf die ihre, sie schlug sie weg.

„Nimm deine Finger weg. Fass mich nicht an!"

„Liebling, bitte reiß dich doch zusammen, die Leute beobachten uns schon. Wir können doch zu Hause darüber reden, reg dich doch bitte nicht so auf."

Liebling? Wenn Lieblinge so aussahen…

Die Kellnerin stand grinsend abseits, die Szenerie beobachtend.

Zarah leckte provokant über ihre Lippen.

Der alte Mann wechselte verwirrt den Blick zwischen Liebling und Zarah. Zarah spitze die Lippen, warf ihm einen Kussmund zu. Er grinste verwirrt.

Jetzt traten auch ihm Schweißtropfen auf die Stirn.

Zarah grätschte leicht die Schenkel und zog ihren Rock ein wenig höher. Hatte sie doch tatsächlich ihr Höschen zu Hause vergessen, na so was. Auch der alte Mann wusste das, nach einem kurzen Blick auf ihren Spalt.

Er betupfte sich mit einer Serviette nervös den Nacken, blickte zu seiner keifenden besseren Hälfte und lenkte seinen Blick wieder auf die Grotte zwischen ihren Beinen.

Neckisch zog Zarah ihre Augenbrauen hoch.

Irritiert wendete er den Blick ab.

„Hörst du mir überhaupt zu?" Wütend stieß Liebling ihren Stuhl zurück und erhob sich.

„Dann geh ich jetzt allein weiter. Ich habe die Nase voll von deiner Langschemeligkeit. Wir sehen uns daheim."

Der dicke, kleine weibliche General rollte sich aus dem Getümmel der Verbalschlacht, die er selber angezettelt hatte und hinterließ einen geschlagenen Mann, dessen einzige Waffe ein ergebenes Lächeln gewesen war.

„Aber Schatz, jetzt warte doch...."

Schatz wartete nicht, sondern rollte das Gässchen entlang und entschwand seines Blicks.

Zarah setzte sich an den Tisch des alten Mannes.

Er war Anfang siebzig, wirkte intelligent, gepflegtes Äußeres, für sein Alter beachtlich gut in Form, sympathisch. Wie hatte er sich an Liebling verschwenden können?

„Hallo."

„Hallo?" Fragender Blick.

„Was wollen sie von mir?" Er wirkte ein wenig verwirrt, schaute das Gässchen entlang, um zu sehen, ob seine Frau, vielleicht ihr Vorhaben noch einmal überdenkend, zurückkehrte.

Nein, sein Schatz blieb außerhalb des Sichtbereiches.

„Ich frage mich die ganze Zeit, warum sie mir so auf meine Möse starren. Gefällt sie ihnen?"

Er räusperte sich. Seine Ohrläppchen glühten.

„Bin ich nicht zu alt für sie?"

„Bin ich zu jung für sie?" Sie nahm seine Hand und legte sie auf ihren nackten Schenkel. Er stöhnte kaum hörbar.

„Bitte hören sie auf. Das ist doch jetzt nicht wahr."

„Nein, ist es das nicht?" Zarah führte seine Finger unter ihren Rock. Er leistete keinen Widerstand.

„Wann haben sie denn das letzte Mal etwas so Schönes berührt?"

Seine Fingerspitzen nestelten an ihrem Spalt.

„Gehen wir?" Zarah.

Es gab ein kleines Hotel ein paar Straßen weiter.

Zarah setzte sich auf das schmale Bett. Er küsste sie zart auf die Stirn.

„Du könntest meine Enkelin sein."

„Bin ich aber nicht, jedenfalls nicht, dass ich wüsste."

„Wie heißt du, ich bin Phillip."

Seine Finger fuhren über ihre Brüste.

Er streifte ihr das Träger-Shirt von den Schultern.

Küsste zärtlich ihre Brustwarzen.

Sie erschauerte. Er zog sie gänzlich aus.

Streichelte sie, küsste sie, küsste sie überall, nur ihr Geschlecht ließ er aus.

„Warte."

Im Badezimmer ließ er Wasser in die Wanne ein.

Dann trug er sie auf seinen Armen in das Bad und setzte sie in den warmen Schaum.

„Ich möchte dich verwöhnen."

Phillip seifte sie mit einem großen Schwamm ein. Der Schaum kribbelte angenehm auf ihrer Haut.

Der Schwamm fuhr über ihre Brüste massierte diese sanft kreisend. Weiter hinunter, ihren Bauch verwöhnend.

Noch weiter hinunter.

Zarah spreizte die Beine. Sie legte einen Fuß auf den Wannenrand, um Philipps Hand nicht zu behindern.

Er arbeitete höchst kunstvoll.

Der Schwamm fuhr leicht über ihre Möse. Rieb etwas fester. Dann wieder verspielt. Fuhr über ihren Schlitz.

Zarahs Fotze schwoll an.

Philipp hob sie vorsichtig aus der Wanne heraus.

Er wickelte sie in ein großes Handtuch, trug sie wie ein Kind davon, legte sie auf das Bett. Strich ihr nasses Haar aus der Stirn.

Das Handtuch ließ er auf den Boden gleiten.

Zarah lag auf dem Bauch.

Der alte Mann entkleidete sich, kniete sich neben Zarah auf das Bett und begann, sie zärtlich zu massieren.

Sie schloss die Augen, genoss.

Er massierte ihren Körper von den Schultern abwärts, den Rücken entlang, die festen Rundungen ihres Pos, weiter hinab, seine Hand spreizte leicht ihre Schenkel und streichelte von hinten ihre Pflaume.

Seine Finger konnten ihre Lust spielend zur Ekstase führen. Ihr Körper erbebte, als er rhythmisch ihr Loch mit seinem Finger verwöhnte.

Philipp drehte sie auf den Rücken.

„Du bist wunderschön. Wunderschön."

Zitternd streichelte er ihre Brüste, seinen Schwanz stolz vor sich tragend.

Seine Hände massierten ihre Titten, fuhren den Bauch entlang, die Finger spreizten den Schlitz.

Wieder drang er ein, massierte ihr Innerstes.

Philipp war über und über behaart mit weißem Flaum.

Er kniete vor ihrem Gesicht.

Sein Schwanz stand vor ihrem Mund, sie ließ sich nicht lange bitten. Ihre Lippen zupften sanft an seiner Eichel.

Die weiß beharrten langen Hoden baumelten über ihren Augen.

Fester umschlossen ihre Lippen seinen Riemen, saugte ihr Mund den herrlich strammen Schwanz. Er hatte keine Probleme mit der Standhaftigkeit – das Alter hatte nicht an seinem Schniedel genagt.

Er leckte ihre begierig den Schlitz.

Seine Zunge fuhr tief hinein, seine Lippen saugten ihre überquellende Fotze.

Er fickte sie in den Mund. So zart. So liebevoll.

Zarah hielt seinem Hüftschwung stand, saugte kräftig, während die Eichel immer tiefer in ihren Rachen fuhr.

„Oh, bist du scharf, bist du geil." Jetzt verlor er seine Zaghaftigkeit.

„Saug stärker, oh ja, blas ihn mir!"

Und wie Zarah saugte. Noch ein bisschen, und sie würde seine Eier aus ihren Säcken saugen. Philipp stöhnte.

Er drehte sich um, legte sich auf Zarah und rammte seinen Schwanz in ihre Grotte, sehr tief und innbrünstig. Immer wieder.

Stellungswechsel.

Der alte Mann kniete zwischen ihren Beinen, zog ihren Unterleib an den seinen, legte ihre Füße über seine Schultern und drang wieder ein.

Mit der freien Hand knetete er ihren Venushügel.

„Flieg, mein Vögelchen, flieg."

Zarah verlor den Boden unter sich, sie hob ab, oh ja, seine Stöße, gut dosiert, brachten ihr schwerelose Wollust.

„Ich komme …Oooh!" Zuckend stand sein Schwanz in ihr, ergoss sich, erschlaffte augenblicklich.

Keuchend betrachtete er sie, geweitete Pupillen.

„Bist du ein geiles Vögelchen, machst einen alten Mann wie mich zum Rammler. Ich fühle mich wie neugeboren."

Sein nasser Schwanz zog eine Spur über das Laken.

Dann nahm er sie zärtlich in den Arm.

„Danke, danke…." Eine Träne lief aus seinem Augenwinkel.

„Du hast mich so glücklich gemacht." Er streichelte sie ohne Unterlass.

„Du bist ein Engel. Ich danke dir."

Sein Kopf legte sich in ihren Schoß, er küsste ihr feuchtes Loch.

„Du willst noch mehr?"

Seine Finger massierten ihre Klitoris, rieben ihre Pflaume, seine Zunge verwöhnte ihre Schamlippen.

Sie wollte noch mehr.

In der Hausbar fand er eine kleine Flasche Sekt.

Wie einfallsreich!

Philipp führte den geschlossenen Hals der Flasche zwischen Zarahs Beinen ein. Er fickte sie mit dem kalten Glas zu einem neuerlichen Höhepunkt.

Sie bog sich gegen seine Hand, bäumte den Körper auf, quoll über vor Lust.

Er zog die Flasche heraus, drehte sie herum und führte nun den Flaschenboden voran ein. Nach einem kurzen Widerstand nahm Zarahs Möse die Sektflasche dankbar wieder auf. Noch einen Höhepunkt verschaffte er ihr. Schweißgebadet bat sie um eine Pause.

Er küsste ihren Nabel. Zärtlich. Mit Tränen in den Augen. „Ich dachte Jahre lang, ich sei impotent geworden, und dann kommst du, mein Vögelchen."

Für einen Mann mit Potenzproblemen war er erstaunlich standfest.

Sie sah auf die Uhr.

„Ich muss gehen…" Plötzlich.

„Ja, sicher." Er nickte, sah sie verwundert an, als existiere außer diesem Zimmer, diesem Bett, diesen beiden Akteuren nichts mehr auf der Welt. Als gäbe es keinen Ort, wohin sie jetzt gehen müssen könnte.

Als hätte er vergessen, dass sein Liebling wahrscheinlich soeben wütend durch ein Möbelhaus irrte und Gott, die Welt und ihn, vor allem ihn, für das laue Angebot in demselben verantwortlich machte.

Sie musste nicht wirklich gehen, wohin auch, ihr machte seine Sentimentalität Angst.

Er sah ihr beim Anziehen zu.

Saß selbst nackt auf dem Bett. Sei alter Schwanz erschöpft in seinem Schoss.

„Ich werde meiner Frau den Sekt mitbringen."

Wie bitte?

„Gute Idee!" Zarah nahm ihre Handtasche, gab Philipp ihrerseits einen Kuss auf die Stirn.

„Leb wohl."

Dann zog sie die Tür hinter sich ins Schloss, atmete auf.

Die Gässchen lagen bereits im dunklen Schatten des Sonnenuntergangs. An ihrer Haustür lehnte ein Päckchen. Ohne Absender.

Ihre Hände zitterten.

Es enthielt, wie befürchtet – eine Rose, nicht verwelkt, sorgfältig in nasse Tücher und Folie gewickelt, um die Todgeweihte noch ein wenig am Leben zu erhalten.

Wieder keine Nachricht, nur diese Rose. Tiefrote Blütenblätter. Harte Dornen.

Marcel?

Auf dem Umschlag war kein Poststempel, keine Briefmarke. Er war hier gewesen!

Ihre Beine zitterten leicht.

Zarah schaute aus dem Fenster, die Schatten der Nacht undurchdringliches Schwarz. Sie zog die Vorhänge zu.

Ihre Vergangenheit, noch gar nicht so lange her, verfolgte sie.

Zarah setzte sich. Ihre Beine wollten sie nicht recht tragen.

Tief durchatmen.

Was beabsichtigte er?

Hatte er sie gefunden oder ein anderer?

War die Rose gar nicht von ihm?

Waren beide Rosen nicht von ihm?

Waren sie vielleicht von dem süßen Postboten?

Wo blieb der überhaupt?

Sie hatte ihn seit Tagen nicht gesehen. Er könnte doch einfach mal so vorbeisehen, auch ohne dienstlichen Grund.

Morgen würde sie sich endlich selbst einen Brief schreiben, dann musste er sie besuchen.

Vielleicht hatte ein Nachbar Zarah mit der Rose beglücken wollen? Ein lüsterner Bursche, der sie beobachtet hatte, im Garten, mit gelüpfter Scham?

Es gab noch genug andere Erklärungen, als ausschließlich Marcels Anwesenheit zu vermuten. Die Annahme, Marcel würde ihr hinterher stellen, war wohl am abwegigsten. Sicher spielte ihre Phantasie ihr einen Streich.

Ganz ruhig, es ist alles gut, nichts ist passiert, gar nichts.

Lenk dich ab!

Und die Scheinwerfer in der Nacht?

Na und, eine Straße vor dem Haus, wieso sollte die nicht befahren sein?

Schluss jetzt, zerbrich dir nicht den Kopf über Unergründliches.

Du kannst nichts ändern, mach dich nicht verrückt.

Peter - die Nachrichten.

Nichts.

Das Internet.

Außer einem Hilfeschrei des Philosophen keine Neuigkeiten, vor allem keine über Peter.

Der Philosoph jammerte über die Ungerechtigkeit der Welt. Unglücklich Verliebte wären oft allein mit ihrem Herzschmerz.

Er sei der absolut passende Partner für seine Herzensdame, sie verstünde das nicht, und ihr die kalte Schulter zeigen, das verstieße gegen seine Prinzipien.

Ach ja, armer Kerl, gefangen in seiner Obsession.

Er lud sie zu einem Chat ein, warum nicht.

Er war angemeldet.

Private Nachricht.

„Klar, bin da."

„Danke."

„Wofür?"

„Dass du mir zuhörst."

„Aber gern!"

„Ich liebe sie so sehr."

Ach, echt?

„Du armer."

„Meinst du, ich habe eine Chance?"

„Klar doch, wenn du hartnäckig bleibst, steter Tropfen höhlt den Stein."

Armer Tropf. Pause.

„Wieso sie?"

„Sie ist mein Leben."

„Wie alt bist du eigentlich?"

„Wieso?"

„Wieso nicht?"

Schrieb sie sich hier etwa mit einer männlichen Diva, die ihr Alter geheim hielt?

„Eigentlich zu alt, um unsterblich verliebt zu sein."

„Bitte präziser!"

„Vierzig."

„Man ist nie zu alt für unsterbliche Liebe!"

„Ich habe alles für sie aufgegeben."

„Wie alles?"

„Meine Frau, mein Kind, mein Haus, alles…"

Ach herrje!

„Ist sie es wert?"

„Ja!"

Hm, ziemlich unreif, oder? Wer gibt denn für eine unerfüllte Liebe alles auf? Sogar die Familie?

„Wieso?"

„Wieso was?"

„Wieso hast du deine Familie für sie aufgegeben?"

„Sie wollte keinen gebundenen Mann."

„Hat sie dir das gesagt?"

„Sie hat es mal erwähnt, einer Kollegin gegenüber. Ich habe sie belauscht."

Oh weh! Das wurde ja immer schlimmer.

„Wollen wir uns mal treffen? Ich kann dir einiges über Frauen erzählen, bin ja selbst eine."

Pause.

„Noch da?"

„Ich weiß nicht, lieber nicht."

„Huhu, Angst vor meinem Biss?"

„Was?"

„Hast du Angst, ich könnte beißen?"

„Nein, nur… ich weiß nicht."

„Na gut, war nur ein Angebot."

Jetzt gerade. Ihr Jagdtrieb erwachte.

„Mach`s dann mal gut, ich geh jetzt ins Bett, mein Freund wird schon ungeduldig."

„Du bist gebunden?"

„Klar, was denkst du denn? Hast du Angst, dass ich was von dir will?"

„Nein, ja, ich meine…"

„Oh Mann, du denkst zu viel. Gute Nacht!"

„Warte mal, ich meine, wir könnten uns schon mal treffen, vielleicht kannst du mir doch ein paar Ratschläge geben."

Na, wer sagt es denn? Er brauchte dringend Hilfe, und sie wusste schon, was ihm gut tun würde.

„Ok, ich melde mich, gute Nacht!"

Und raus aus dem weltweiten Netz. Die Angel war ausgeworfen.

Zarah warf sich diese Nacht unruhig im Bett hin und her. Ihr Schlaf war leicht.

Aber nicht so leicht, um zu hören, dass ein Wagen Minuten mit laufendem Motor vor dem Haus stand.

Nicht so leicht, um zu hören, dass eine Wagentür leise zuschlug, und nicht so leicht, um die Schritte zu vernehmen, welche sich ihrer Tür näherten.

Auch das leichte Drücken der Klinke und das Schnappen des Schlosses hörte sie nicht, nicht die leisen Schritte in der Küche.

Zarah schlief.

Am nächsten Morgen trank sie ihren Kaffee zu den Morgennachrichten und verschluckte sich fast daran.

Eine Leiche war gefunden worden. Ihr stockte der Atem.

Männlich, erste Ergebnisse der Gerichtsmedizin ergaben ein Alter Anfang bis Ende Sechzig, aufgefunden auf einer Mülldeponie.

Enthauptet. Der Todeseintritt wurde in den letzten vierundzwanzig Stunden vermutet.

Frischfleisch, nicht Tage alt. Sie sank erleichtert zurück.

Kein Peter, der müsste bereits vor sich hinstinken.

Die Sonne schien warm auf ihre Haut.

Sie saß im Garten, die nackten Beine übereinander geschlagen, blinzelte in die Sonne.

Süß rann der gezuckerte Kaffee ihre Kehle hinab.

Genuss.

Einfach nur sitzen, Mutter Natur`s Tönen lauschen, den Duft der farbenprächtigen Flora atmen, sanfte Brise auf der Haut. Leben.

Die Anspannung der letzten Tage würde nicht so schnell völlig weichen. Aber Zarah lebte, und irgendwie würde es immer weitergehen.

Sie hatte einfach Glück. Sie war kein Opfer. Nie mehr.

Ihr Computer zeigte keine Neuigkeiten über Peter, dafür eine Nachricht vom Philosophen.

„Treff heut Abend?"

Lasse ich ihn zappeln? Nein, er ist ein harmloser Zeitvertreib.

„Ok, wo und wann ?“

Mal ihm schauen, wie ernst ihm seine Liebe ist.

„Bei mir?“

Aha, gut, dann bei ihm. Er wohnte fast „um die Ecke“, wenn man die Weite des globalen Netzwerkes betrachtete wohnten beide direkt Tür an Tür.

Zweihundert Meilen Fahrt würden ihr ein wenig Abwechslung und vor allem Ablenkung verschaffen.

Und der Blick auf das Meer allein war schon die Reise wert.

„Dann bis heut Abend.“

Noch hatte sie Zeit im Überfluss.

Sie warf sich ein leichtes kurzes rotes Baumwollkleid über, fuhr in die kleine Stadt und schlenderte durch die Gässchen, welche ihr am Vortag Philipp beschert hatten.

Ob dieser wohl wirklich den Sekt seiner Frau mitgenommen hatte?

Der alte Mann hatte Sinn für das Abstruse gehabt.

Nach dem Fick-Einsatz des Picollo in ihrem Loch musste der Korken sicher beim Öffnen an die Decke geknallt sein.

Seine fette hysterische Frau würde den Sekt als Entschuldigung angesehen haben. Eine hübsche Idee.

Er hatte seine Frau betrogen, ohne mit der Wimper zu zucken. Waren sie alle gleich? Dachten Männer wirklich zuerst mit ihrem Schwanz?

Zarah hatte die Macht ihres Schosses, die Macht ihrer Erotik.

Paul schien nicht Unrecht gehabt zu haben.

Liebe, es gab für Männer mindestens zwei Arten davon. Und die eine musste nicht auf ihre Partnerinnen begrenzt sein.

Die Kunden im Puff - fast jeder trug einen Ring am Finger als Zeichen der Zugehörigkeit zu seiner besseren weiblichen Hälfte.

Manche hatten ihr wirklich von der Liebe zu ihren Frauen erzählt, als müssten sie sich entschuldigen, dass sie diese gerade mit ihr betrogen.

Blabla, liebe meine Frau, blabla, aber im Bett läuft nichts mehr, blabla.

Wieso denn waren all diese Männer nicht einfach in den nächsten Reiseshop gegangen, hatten ein romantisches Wochenende für sich und ihre Frauen gebucht und das Geld, das sie für bezahlte Liebe ausgaben, stattdessen lieber in die Beziehung und einen guten Ehe-Fick ohne störendes Kindergeschrei oder den frauenstressenden Haushalt investiert?

Nahmen Männer den einfachsten Weg?

Oder ging es ausschließlich um das *fremde* Loch, das sie ficken wollten?

Was war denn eine Nutte wert, die stundenweise die Beine breit machte, noch nach dem vorigen Lover roch und auf die Uhr zeigte, wenn die vereinbarte Zeit und der vereinbarte Tarif des Schäferstündchens überzogen wurden?

Männer als Frauen-Jäger und Frauen-Sammler? Eher dumme Zahle-Männer.

Der Philosoph hatte sicher auch auf den Ruf seiner Hose gehört und ihn als Ruf des Herzens missverstanden. Sie war neugierig auf seine Geschichte.

Das kleine Straßen-Cafe vom Vortag war noch unbesetzt. Die Kellnerin grinste sie wiedererkennend und wissend an.

Zarah setzte sich an denselben Tisch und bestellte sich ein französisches Frühstück.

Das Gässchen strahlte Ruhe aus. Vormittag.

Mütter schoben Kinderwägen vor sich her, alte Damen flanierten vor der großen Mittagshitze, das Leben war leicht.

Leicht und schön.

Sie würde sich bald einen Plan für ihre Zukunft machen müssen.

Nur Tochter von Beruf zu sein war zwar angenehm, würde ihren Vater auf Dauer jedoch den Geldhahn zudrehen lassen.

„Müßiggang, meine liebe Zarah, ist aller Laster Anfang", pflegte er zu sagen.

Und sie selbst konnte sich nicht als ständigen Faulenzer akzeptieren, noch ein wenig Gras über die Sache mit Peter wachsen lassen, und dann ….mal schauen.

Die Croissants schmeckten vorzüglich. Zarah ließ sich eine Tageszeitung bringen. Sie blätterte ein wenig darin herum.

Kriege, im Großen wie im Kleinen.

Ein Kind wurde vermisst.

Tödlicher Autounfall, ein LKW war in ein Stauende gerast, hatte mehrere PKW zerquetscht, die darin befindlichen Personen waren teils schwerverletzt, mehrere tödlich.

Ehedrama mit Suizidversuch – ja, so etwas passierte.

Vergiftete Köder hatten bei einigen Hunden zu schmerzhaften Erkrankungen geführt. Der Täter bisher nicht gefasst.

Hungersnot im Sudan.

Bilder von verhungerten Säuglingen, die zu schwach waren, die letzten Tropfen Milch aus den vertrockneten Brüsten ihrer ausgemergelten Mütter zu saugen.

Die Zeitungen strotzten nur so von Negativberichten.

Die Schlagzeile auf der ersten Seite der enthauptete Mann. Seine Identität noch nicht festgestellt.

Wer würde denn Zeitungen kaufen, die von der Schönheit der Natur, von der Harmonie der Menschen, von der Freude am Leben berichteten? Keiner.

Je schlimmer die Schlagzeilen, desto höher der Verkaufswert. Die Welt war pervertiert.

Medien gönnten den Menschen gern die Gänsehaut, welche durch schreckliche Geschichten hervorgerufen wurde, davon lebten sie.

Es war nicht sie Schuld der Medien, dass deren Konsumenten Horrormeldungen mehr verschlangen als alles andere.

Und während Zarah in ihr Marmeladenbrot biss, würde gerade ein afrikanisches Kind sein Leben aus Mangel an Nahrung aushauchen.

Vielleicht sollte sie sich bei einer Hilfsorganisation bewerben. Vielleicht könnte sie das Elend in der Welt auch ein wenig verringern helfen. Wenn auch nur im Kleinen, so war das immer noch besser, als gar nichts zu tun.

Ihr Vater hatte genügend Verbindungen, um ihr den Weg in die Dritte Welt zu ebnen. Entwicklungsland hieß ihr neues Ziel. Der ferne Aufenthaltsort hieße auch Abstand vom Hier. Eine tolle Idee.

Ihr an sich selbst adressierter Brief fiel in den Postkasten, nachdem sie noch einen Kuss darauf gehaucht hatte. Bis bald, mein süßer Postmann.

Zarah trug ihr dunkles Kostüm, sie wollte dem Philosophen gegenüber nicht zu aufreizend auftreten.

Ihre wahren Absichten würde er noch früh genug erkennen, auch ohne tiefes Dekolleté.

Er wohnte direkt an der Küste. Ihr Navigationsgerät führte sie entlang der Sandstrände. Einsame Häuschen standen weit verstreut voneinander am Meer.

Für einen Mann, der alles verloren hatte, besaß er noch eine Menge.

Ein Haus direkt am Strand inmitten von Dünen.

Zarah zog sich die Schuhe aus und stapfte durch den Sand.

Salzige Luft, endlose Weite, kreischende Möwen. Paradiesisch. Der Sand umschmeichelte ihre Zehen.
Vor der Tür stand der Philosoph und blickte sie erwartungsvoll an. Dunkelblaue Augen nahmen sie gefangen.
Breitschultrig.
Der Aha-Effekt saß.
Sie hatte mit einem verträumt ausschauenden, ältlichen Studententypen gerechnet, in schlabbrigem T-Shirt, schmalschulterig, vielleicht eine Brille, verheult oder wenigstens weinerlich, aber nicht mit diesem Typ Mann.
Kantiges Gesicht, aber nicht zu kantig.
Ein gut ausgeprägtes Kinn mit leichtem Grübchen.
Das schwarze Hemd, welches er trug, stand ihm außerordentlich gut. Er trug es nur locker geknöpft.
Seine Füße steckten in schwarzen Segeltuchschuhen.
Eine elegante, schwarze Hose betonte seine sportliche Figur, sein dunkles Haar war leicht gelockt, gebräunte Haut, dezenter edler Herrenduft wehte ihr entgegen.

Zarah verschlug es fast die Stimme.

Wie konnte DIESER Mann nur unter Liebeskummer leiden? Was für ein Mann. Wow!
Und diese Augen, dunkelblau und tief wie der Ozean.

„Hi, ich bin Ralf, der Philosoph." Er lächelte. Weiße Zähne blitzten gerade und ebenmäßig.

Er musste geradewegs aus einem Modekatalog gesprungen sein.

„Äh, ich bin Zarah."

Sie gaben sich die Hand.

„Willkommen!"

Er schlenderte vor ihr zur Veranda des Hauses.

Zarah riskierte einen Blick auf seinen durch den Stoff der Hose gewölbten knackigen Po.

Oh nein, was für ein Mann. Auch der Po versprach Perfektionismus!

Was für eine Verschwendung betrieb er nur.

Sich in eine einzige Frau zu verlieben und den anderen Evastöchtern vorzuenthalten war kein Akt der Nächstenliebe. Dass besagte Frau seiner Träume ihn verschmähte, setzte dem Ganzen die Krone auf.

Liebeshungrige Frauen, die ihr Herz von Amors Pfeil durchstoßen mit einem Schleifchen verziert dem Philosophen präsentieren würden, müssten doch Schlange stehen.

Sie sollte schleunigst an seiner Bekehrung arbeiten.

Auf einer langen Veranda mit Blick auf das friedliche Meer stand ein vorbereitetes Tischchen.

„Magst du Sushi?"

Zarah setzte sich, er ging in das Haus, kehrte zurück mit einem silbernen Tablett, bestückt mit Häppchen rohen Fisches und Reisbällchen.

Der japanische Meerrettich verwandelte ihren Mund in eine Vorhölle.

„Scharf, was?" - „Wie bitte?"

Kurz meinte Zarah, er hätte ihre heimlichen Blicke richtig gedeutet, die sie ihm gewidmet hatte.

„Der Meerrettich, der ist sehr scharf, du darfst nicht zu viel davon nehmen."

„Ach so, ja." Sie errötete leicht. Ihre Augen tränten.

„Sehr scharf", ein Nuscheln quetschte sich zwischen ihren Zähnen ins Freie.

Sie errötete wegen ihm, na so was. Zarah wunderte sich über sich selbst, nach all den Erfahrungen im Studio dürfte sie wegen eines Mannes eigentlich nie wieder erröten.

Ihr Vorhaben an diesem Abend hatte sie als Angriff auf seine Keuschheit geplant, sie hatte ihn verführen wollen, um ihm dann vor Augen halten zu können, wie wenig doch seine unsterbliche Liebe Bestand hatte, wenn er ihrer Verführungskunst erliegen würde. Erotik bedeutete Macht.

Jetzt verführte ER SIE allein mit seinem Anblick.

Sie schmunzelte.

Wer hätte das gedacht. Hinter einem weinerlichen Internet-Schreiberling steckte ein Adonis.

„Sekt?"

Eisgekühlt perlte der Rebennektar in ihr Glas.

„Auf die Liebe!" Ihre Gläser trafen sich erklingend.

„Auf die Liebe!", erwiderte sie.

„Macht es deinem Freund nichts aus, dass du heute mit einem anderen Mann zu Abend isst?" Freund, ach ja…?!
„Nein, er ist sehr tolerant." Fragende Blicke.
„Ich meine, er vertraut mir."
Der Sekt lief prickelnd ihre Kehle hinunter. Kühl, erfrischend, berauschend.
Seine Augen trafen die ihren.
„Du bist hübsch."
„Ich weiß."
„Sehr erotisch."
„Du sagst es."
Irritiert überlegte sie, welchen Weg er gerade einschlug.
Bisher hatte er kein einziges Wort über seine große Liebe verloren.
All die Mails, vollgestopft mit Gedichten und Liebesschwüren, schienen wie vergessen, als hätte nicht Ralf sie geschrieben, als wäre sie nicht auf seinen Rat suchenden Hilferuf herbeigeeilt, um ihn bei Fragen der Eroberung seiner Traumfrau zur Seite zu stehen.

Er saß ihr gegenüber und fixierte ihre Augen.
Wie eine Schlange, die ihre Beute bereits sicher hypnotisiert hat, schaute er sie siegesbewusst an.

„Was ist, mache ich dich nervös?" Sein Fuß wippte auf und ab.
„Ich kenne meine eigene Ausstrahlung auch genau."
Kurze Pause.
Zarah wusste nichts zu sagen, zu perplex war sie.

„Nein, jetzt habe ich dich verunsichert", er lachte, „ich mache doch nur einen Scherz. Du weißt, wen ich begehre, keine Sorge, ich werde deine Beziehung nicht mit meinem Charme in den Abgrund stürzen."
Aha.
Das Meer lag ruhig vor ihnen, die Nacht senkte sich über den Ozean. Hell spiegelte sich der Mond in den Gestaden des Wassers. Ruhe und Frieden über der Welt.
Sie fühlte sich so wohl und geborgen. Sie hätte ewig hier sitzen können.
„Es wird kalt, lass uns ins Haus gehen!"

Kühles cremefarbenes Hell dominierte die Einrichtung seines Wohnzimmers. Helle Schränke hoben sich von dunkel getäfelten Wänden ab.
Eine Ansammlung von mit cremefarbenen Leder bezogenen Sitzmöbeln, welche zwar schwer und wuchtig waren, dank der hellen Farbe des Bezuges aber auf eine gewisse Art und Weise auch filigran wirkten, dominierten den Raum, dessen Boden aus dunklen Holzbohlen bestand.
„Setz dich, möchtest du noch ein wenig Sekt?" Er schenkte nach.
„Was ist denn das?"
An einer Wand hang als der Blickfang schlechthin in Lebensgröße ein kupferner weiblicher Christus an einem umgekehrten Kreuz, über seinem Kopf die Arme gestreckt an das verkehrte Ende des Kreuzes genagelt, die Beine seitlich gespreizt, die Füße an den normalerweise

für die Hände gedachten Balken genagelt. Das Kupfer war gründlich poliert worden.

Dieser Christus, eher eine Christiane (?), schob mit lascivem Blick das nackte gespreizte Becken demonstrierend dem Betrachter entgegen. Das Geschlechtsteil war genauestens herausgearbeitet. Die inneren Schamlippen standen leicht hervor.

„Gefällt es dir? Es ist mein Werk, eines meiner Werke. Ich habe es meiner großen Liebe gewidmet. Es heißt DIE NYMPHOMANIN AM KREUZ."
„Du bist Künstler?" Das war ihr neu. Zarah betrachtete die filigranen Erhebungen der Figur.

„Darf ich dir das Abbild meiner Begierde vorstellen? Das ist Vanessa, ich meine ein Abbild von Vanessa. Du weißt schon, der Frau meiner Träume."
Ein Gesicht von ebenmäßiger Schönheit, vollkommene Brüste, zarte Glieder. Langes, kupfernes Haar wellte sich über ihren Schultern und hang fast bis zum Boden.
„Sie ist wunderschön. Kennt sie diese Statue? Hat sie sie schon einmal zu Gesicht bekommen?"
Er nickte. „Sie war mein Modell." Beeindruckend.
„Komm, ich zeige dir noch etwas, wenn es dich interessiert." Er ging voran.
In einem kleinen Raum stand ein Schreibtisch. Die Wände waren drapiert mit Skizzen und Zeichnungen von dieser einen Frau. Unzählige Fotos dazwischen.

„Ich brauche sie so sehr. Sie ist für mich wie die Luft zum Atmen, ich kann ohne sie nicht sein."

Ralf steckte augenscheinlich inmitten einer zwanghaften Wahnvorstellung, armer Narr.

„Schau mal, hier ist sie besonders gut gelungen."

Das Porträt der Schönen schien einen geradewegs in die Seele zu schauen. Es war wirklich ausgesprochen kunstvoll, dunkle Augen erwiderten den Blick des Betrachters. Er seufzte. „Wenn ich sie nicht haben kann… Ich weiß nicht weiter."

Seine Anmut wandelte sich schlagartig in Elend, er sackte zusammen, stützte seinen Kopf in seine Hand.

Zarah legte ihre Hand zärtlich auf seine Schulter.

„Wie lange schon? Wie lange begehrst du sie, ohne dass sie deine Liebe erwidert?"

„Ein Jahr, zwei Monate, vier Tage."

Oh, wie genau. Dafür, dass er ohne sie nicht leben konnte, hielt er ziemlich lang ohne sie durch.

„Und wie lange willst du deine Liebe noch an eine Frau wegwerfen, die deiner nicht würdig ist? Wenn sie dich nicht zu schätzen weiß, dann ist sie dich nicht wert, Ralf."

Sie umschlang zärtlich tröstend seinen Nacken. Er wand sich heraus. Kein Körperkontakt erwünscht.

„Ich habe ihr meine Liebe auf jede nur erdenkliche Weise gezeigt. Mein Kind, meine Frau, ich habe alles aufgegeben, nur für sie."

Auf einer Ecke des Schreibtisches stand ein gerahmtes Bild einer kleinen Familie, Ralf, eine hübsche, lachende Frau umarmend, im Vordergrund ein grinsender kleiner Junge, er mochte fünf oder sechs Jahre alt sein.

Es war das einzige Bild, welches nicht SIE als Motiv zeigte.

Hatte er wirklich das scheinbare Glück weggeworfen, um einer zugegebenermaßen schönen aber dennoch nur Frau seine Liebe aufzwingen zu können?

Zarah kam unwillkürlich ihr Vater in den Sinn. Und das Ende ihrer Mutter.

Eine gewisse Art von Elend schien sich immer und überall zu wiederholen, in leicht abgewandelter Form zwar, aber nicht zu verkennen.

Hatte der Saft der Lenden derart viel Kraft, um die Realität so zu vernebeln, dass erschaffene Formen des Glücks ihren Wert völlig verloren?

Wieso wurden Familien zerstört, nur, um neue Familien zu erschaffen, die Jahre später weiteren fremden Reizen erliegen würden?

So falsch hatte Paul wohl nicht gelegen mit seiner Einschätzung der Grundlagen der sicheren Zerstörung von Partnerschaften.

War alles nur auf Sand gebaut, hatte nichts Bestand?

„Mal ehrlich, ist sie das alles wert gewesen? Ich meine, dein Sohn und so, wieso wolltest du noch mehr? Bist du so unersättlich? Ich denke…"

Mit einer Handbewegung unterbrach er ihren Redefluss.

„Du verstehst das nicht, du kennst sie nicht. Lass uns das Thema wechseln, noch ein Glas Sekt?"

Er schien verschnupft darüber, dass sie versuchte, ihm seine große Liebe auszureden. Was solls, sollte er doch sein ganzes Leben lang in der emotionalen Hölle schmoren.

Schmerzender Neid kam in ihr auf. Sie wollte auch so geliebt werden, von einem Mann, der bei dem bloßen Gedanken an sie in einen Rauschzustand fiel.

Lag es daran, dass er Künstler war? War er deswegen so feinfühlig, so verbohrt in seine Idee? Künstlern sagte man jeher von Haus aus ein hohes Maß an Emotionalität nach.

Zarah setzte sich auf die lederne Couch im Wohnzimmer. Den Blick auf die aufgerissene Vulva der Skulptur geheftet.

„Wieso stellst du sie derart dar? So nackt und gierig? Wenn du sie wie eine Göttin liebst?"

„Ich liebe sie, das Werk war ein Auftrag und sie nur ein zufälliges Model, Anfangs jedenfalls. Ich konnte die Skulptur nicht verkaufen, habe den Auftrag gekippt.

Keiner außer mir soll sie so sehen. Ich begehre sie. Mit jeder Faser meiner Haut."

„Dafür, dass keiner sie so sehen soll, hängt sie aber sehr zentral in deinem Wohnzimmer."

„Normalerweise ist sie verdeckt, wenn ich nicht allein bin." Tatsächlich lag eine rote Seidendecke auf dem Boden unter dem weiblichen Christus.

„Ich wollte sie dir nur zeigen, damit du verstehst."

„Hast du sie gevögelt?" Jetzt war Zarah am Zug.

Er schaute überrascht.

„Warum fragst du?"

„Hast du nun oder nicht, ich habe da so meine Theorie."

„Wir waren einmal zusammen."

„Ach so." Die Theorie war gekippt. „Ich dachte, du wärst nur auf einen Fick ausgewesen, und würdest mit einer rosaroten Brille durch die Welt laufen, weil deine Eier fast platzen."

„Mädchen, du bist vulgär."

„Sorry, war nur so ne Theorie."

Zarah schlürfte an ihrem Sekt.

„Wieso heißt das Werk DIE NYMPHOMANIN AM KREUZ? Ist sie so liebestoll?"

„Ich hätte sie gern so."

Aha!

Der Sekt zeigte Wirkung.

Zarah hatte innerlich genug von den Gesprächen über diese eine, das Gespräch begann, sie zu langweilen.

So interessant, wie auf den ersten Blick vermutet, war der Philosoph dann wohl doch nicht. Sollte er leiden, na und. Was ging sie das an? Schöne Verpackung, innerlich lala.

„Ich bin müde, hab zu viel getrunken. Kann ich bei dir übernachten?"

Zarahs Alkoholpegel war deutlich überschritten, eine Fahrt mit dem Wagen traute sie sich nicht mehr zu.

„In Ordnung, wenn dein Freund dich über Nacht nicht vermisst…," er stand auf.

„Ich zeig dir dein Bett."

Ralf führte sie in ein geräumiges Schlafzimmer. Elfenbeinfarbene Möbel, ein riesiges, elfenbeinfarbenes Bett, ein goldener Lüster an der Decke, halbhohe erotische Figuren aus demselben Material wie die heilige Vanessa standen auf ihren schmiedeeisernen Podesten im Raum verteilt.

An den Wänden hingen stilvolle erotische Zeichnungen von Paarungsakten.

„Sind die auch von dir?"

„Ja, ich habe im Dachgeschoss mein Atelier. Ich zeig es dir morgen. Brauchst du einen Pyjama?"

„Nein, danke, ich schlafe immer nackt."

„So?" Er betrachtete sie etwas zu lange.

Für sie hatte er jedweden sexuellen Reiz verloren.

„Gute Nacht. Ich schlafe nebenan. Wenn du noch etwas brauchst, rufe mich!"

„OK, danke, gute Nacht!"

Er verschwand durch eine seitlich gelegene Tür.

Zarah ließ ihre Kleider fallen.

Sie kuschelte sich unter die schwere Daunendecke.

Durch das offene Fenster erklang das Rauschen des Meeres.

Es schien direkt vor den Mauern des Hauses zu branden. Vielleicht würde das Haus über Nacht fortgespült, und morgen früh wären sie und der Philosoph Hausbrüchige, angespült an einer einsamen Insel. Dann müsste sie sich bis zu ihrer Rettung die Geschichte seiner unglücklichen Liebe anhören, wie schrecklich.

Der Arme. Er war nett, nett und harmlos. Ihn zu verführen, diese Idee hatte sie verworfen.

Seiner Liebe hang eine Weinerlichkeit an, die sie abstieß.

Ein verliebter Trottel, aber süß.

Lächelnd schlief Zarah ein.

Sie träumte von Peter, welcher ihr mit einem Spekulum den Bauchnabel durchleuchten wollte. Um das Spekulum einführen zu können, musste Peter ihr mit einer riesigen Kanüle ein Loch in den Nabel bohren. Er betastete ihren Bauch, um für das Einstichloch den besten Platz zu finden.

Sie erwachte, Peters Hände tasteten immer noch.

Ein nackter, behaarter Körper presste sich an ihren Rücken.

Es dauerte ein wenig, bis sie begriff, dass sie nicht mit Peter in ihrem Bett sondern in dem von Ralf lag, aber ohne Peter.

Das Tosen des Meeres half ihr bei dieser Erkenntnis.

„Was….?"

Hände. Küsse in ihrem Nacken.

„Hör auf, Ralf, hör auf, was soll das?"

Nein, nicht so, nicht jetzt, und auf keinen Fall auf diese Art!

Er hielt sie umklammert.

„Komm schon, zier dich nicht, du willst es doch auch. Ich bin so scharf auf dich!"

Sie versuchte, sich aus seinem Griff zu winden. Ohne eine Chance.

„Bitte lass das, ich habe einen Freund!"

Er fummelte unbeirrt weiter.

„Hör auf, was ist mit Vanessa?"

„Die ist nicht hier, ich will doch nur mit dir vögeln, hab dich nicht so!"

Wut stieg in Zarah auf. Das Tempo bestimmte allein sie, nicht er.

Er tastete über ihre Brust, hielt sie dabei in eisernem Griff fest. Seine Hand fuhr forsch zwischen ihre Beine.

Sie versuchte, zu treten, ihre Füße verhedderten sich in der schweren Decke.

Seine Finger drangen schmerzhaft in ihre trockene Möse ein. Er biss sie leicht in den Nacken.

„Komm schon, wehr dich nicht, das ist schön so."

Sie schlug mit der Hand nach hinten, versuchte, seine Eier zu treffen.

„Hör AUF, habe ich gesagt!"

Ihr Griff in Richtung seines Schwanzes, um diesen zur Räson zu bringen, landete im Leeren.

Da war nichts, außer einem hilflosen Zipfelchen Haut.

Sie schlug nochmals zu, wieder ins Leere.

Da war wirklich nichts, nichts, außer diesem Hautfetzen.

Sie tastete.

Doch, in dem Hautzipfelchen hatte sich ein kleiner Schwanz versteckt. Ein sehr kleiner Schwanz – ein Minischniedelchen.

Ralf stöhnte.

In Zarah verwandelte sich die Wut auf Ralfs Übergriff in einen Lachanfall.

Er hatte sie ungefragt nehmen wollen, sie empfand es als einen Versuch der Vergewaltigung, und womit?

Mit einem Mikropenis!

Vieles an diesem Mann war so perfekt, und dieses WIN-ZIGE Detail riss alles in den Abgrund. Ja, das Detail war WIRKLICH winzig.

Er wollte sie tatsächlich mit einem Minischwanz verge-waltigen! Wie konnte er überhaupt so viel Ego haben und seinen Zwergenlümmel aus der Hose holen?

NEIN!

Sie prustete los.

Ralfs Stöhnen erstarb.

„Was ist denn?"

Zarah liefen Lachtränen über ihr Gesicht.

„Bitte, bitte hör auf, hör auf!"

Sie hielt sich den Bauch vor Lachen.

„Bitte… !" Sie konnte nicht aufhören.

„Du hast…" Lachen, Prusten, Lachen.

„Hast du schon mal über eine Operation nachgedacht?"

Wieder lachte sie, ohne Halt.

„Was meinst du?" Ralf löste den Griff.

„Was ist denn, worüber lachst du?"

„Das kannst du dir nicht denken? Schau mal zwischen deine Beine! Weißt du echt nicht, warum Vanessa nicht mehr mit dir vögeln mag? Ich würde auch nicht mit einem Mann schlafen wollen, der einen Babypenis über seinen Eiern trägt. Lass ihn dir um Himmels Willen operativ verlängern!"

Das war zu viel.

Seine Reaktion auf ihre Worte kam völlig überraschend.

Schlagartig presste er fest ihren umschlungenen Brustkorb in seinen Armen und biss zu.

Er biss so fest in ihren Nacken, dass ihr Hören und Sehen verging.

Zarahs Schmerzensschrei gellte durch das Haus.

Seine Zähne bohrten sich ohne Rücksicht auf ihre Klagelaute in die Region zwischen Haaransatz und Schulter.

Sie kreischte.

Er dachte nicht daran, loszulassen.

Wie ein Wolf, der seine Beute schüttelt, warf er seinen Kopf hin und her.

Einen kurzen Moment befürchtete sie, er könne mit übermenschlichem Einsatz ihr Genick zerbersten lassen.

Wollte er ein Stück aus ihr heraus beißen?

Der Druck auf ihren Brustkorb nahm ihr die Luft, der Schmerz fast die Besinnung.

Zarah schlug um sich, befreite ihre Füße aus der Umklammerung der Daunendecke, trat, traf seine Schienbeine.

Er ließ nicht ab.

Sie schlug zwischen seine Beine, ihre Hand packte seine Hoden, und sie riss und drehte daran herum.

Nun war er am Stöhnen. Der Druck seiner Kiefer löste sich.

Sie sprang aus dem Bett.

„Willst du mich entmannen?" Stöhnend drehte er sich zur Seite.

„Du Wahnsinniger! Bist du Hannibal Lecter?" Zarah.

„Kleine Schlampe, dir gehört eine Lektion erteilt!" Ralf.

Sie tastete ihren geschwollenen Nacken ab, fühlte hämmernden Schmerz, kein Blut.

Er hielt sich die Hoden.

Schnell, bevor er wieder auf die Beine kommen konnte, raffte Zarah ihre Kleider zusammen, packte das Bündel, nahm ihre Schuhe und floh nackt aus dem Haus.

Das Meer toste drohend.

Sie lief über die Dünen, sprang in ihren Wagen, startete den Motor und raste mit quietschenden Reifen davon.

Er folgte ihr nicht.

Was hatte sie sich nur gedacht? Ein fremdes Haus, ein fremder Mann, dieser Psychopath.

Hatte sie ihn so sehr mit ihren Worten verletzt?

Na und, er wollte sie vergewaltigen. Und sie war angetrunken.

Der Wagen schoss über die Straße am Meer.

Keine Lichter eines Wagens hinter ihr.

Meilen später lenkte sie das Auto auf einen Parkplatz und zog sich ihre Kleidung über.

Scheiße, ein Scheißabend, eine Scheißnacht.

Sie fühlte den Abdruck seiner Zähne auf ihrer Haut, angeschwollen und heiß..

In ihrem Kopf hämmerte es dumpf.

Ralf, der Menschenfresser!

Er mimte den Liebeskranken, und dann so etwas!

Alles nur Lügen, wieder einmal. Vielleicht war das seine Masche, um Frauen mit Helfersyndrom anzulocken. Dann schwang er sein Zipfelchen und erwartete Geilheit. Sie schlug wütend auf das Lenkrad. Er hatte sie regelrecht mit Sekt abgefüllt, und sie hatte es nicht gemerkt.

Hätte Zarah nur im Geringsten geahnt, was daheim auf sie wartete, wäre sie entschuldigend zu Ralf zurückgekehrt und hätte liebend gern mit seinem Schwänzchen vorliebgenommen.

In Anbetracht des Horrors, der in ihrem Haus Einzug gehalten hatte, war der Philosoph noch die angenehmere Alternative.

Stunden später stellte sie ihren Wagen vor ihrem Haus ab.

Sie war müde und erschöpft, ihr Nacken pulsierte noch immer, ihr Kopf hatte sich in einen Bienenstock verwandelt.

Sie öffnete die Tür ihres Hauses.

Die kommenden Tage würde ein tiefvioletter Hügel ihren Hals zieren, sie sollte ihn schnellstmöglich kühlen.

Der Ice Crusher ihres Kühlschrankes versagte den Dienst. Auch das noch.

Ein kalter Lappen reichte nicht aus.

Zarah öffnete das Tiefkühlteil, um sich Eiswürfel herauszuholen.

Ein ihr unbekanntes Paket fiel ihr ins Auge.

Was war das? Sie konnte sich nicht erinnern, den Eisschrank mit einem fußballgroßen Stück Tiefkühlware besetzt zu haben.

Hatte etwa ihr Vermieter ihr eine Freude machen wollen? Er war die einzige Person, welche einen Zweitschlüssel besaß.

Neugierig nahm sie das in festem Papier verpackte kalte Ding aus dem Eisschrank.

Es war schwer.

Sie setzte das Paket auf den Küchentisch.

Es war fest verpackt, mehrfach umwickelt in Ölpapier.

Sie durchschnitt die Schnüre, welche das Papier zusammenhielten.

Zarah schlug die Verpackung auf.

Das Grauen, welches sie erfasste, warf Zarah zu Boden.

Ihre Hand stieß gegen das gefrorene Bündel.

Unfähig, ihren Schock durch Laute zu äußern, stürzte sie zu Boden. Sie zitterte.

Das haarige Ding rollte von ihrem Stoß in Bewegung gebracht langsam an den Rand des Küchentisches und fiel dumpf auf den Boden schlagend neben ihr auf.

Es rollte noch ein wenig hin und her.

Eine Rose zwischen seinen Zähnen, starrte Peter sie, auf der Wange liegend, mit eingefrorenem Blick an.
Seine Augen waren mit Raureif überzogen.
Der Hals direkt am Rumpf abgetrennt.
Die todbringende Nadel der Spritze noch immer im Hals steckend.
Kleine gefrorene Hautfetzen fielen von dem unsauberen Schnitt, der Kopf und Rumpf getrennt hatte, ab und hinterließen blutige Spuren auf den Fliesen der Küche.
Ein Ohr hatte den Sturz nicht unbeschadet überstanden.
Die Ohrmuschel war angebrochen und stand schief vom Kopf ab.
Das Schicksal hatte sie eingeholt.

War der Drang, Ralfs Haus zu verlassen groß gewesen, so wurde ihr Fluchtimpuls nun übermächtig.
Zarah schob sich rückwärts vom Haupt ihres Opfers weg.
Butterweiche Knie knickten immer wieder zur Seite, ihre Hände versagten ihr den Dienst.
Sie konnte sich nicht halten.
Ihr Mageninhalt drängte ans Freie.
Sie übergab sich, auf dem Küchenboden liegend, zu schwach, sich zur Spüle hochzuziehen.
Ihre Gedanken formten sich in wirrem Kreis.

Tränen schossen aus ihren Augen, sie weinte lautlos, den Körper aufgebäumt, durch Heulkrämpfe entledigte sich dieser der Anspannung.

All die Sorgen um das Auffinden Peters und das Nachspiel des Unfalls, welche sie in den vergangenen Wochen schlaflos bleiben ließ, rollten nun geballt über sie hinweg.

Der gefürchtete Moment hatte andere Formen erhalten, als sie angenommen hatte.

Peter war aufgetaucht, in ihrem Kühlschrank.

Sie musste hier weg, raus hier, nicht aufgeben, der Kopf hatte den Weg nicht allein gefunden.

Marcel!

Er war sicher noch in der Nähe.

Zarah zog sich auf die Füße, stolperte aus der Küche, an Peters Schädel vorbei, taumelte ins Bad.

Sie wusch sich die Reste des halbverdauten Sushis ab.

Die angelehnte Tür des Bades öffnete sich, ein Schatten stürzte blitzschnell auf sie zu, packte sie an den Haaren und schlug ihre Stirn hart gegen die Wand.

Sie tauchte in einen diffusen Nebel, ihre Sinne schwanden.

Um sie herum Dunkelheit.

Ihr Kopf hämmerte im Takt ihres Pulses.

Ihre Hände über ihrem Kopf fixiert, die Beine zusammengebunden. Wo war sie? Hatte der Philosoph sie an sein Kreuz genagelt?

Ihr Gehirn verweigerte das klare Denken.

Sie versuchte erfolglos, die Hände aus den Fesseln zu lösen. Ein Anwinkeln der Beine war nicht möglich. Zarah lag gestreckt auf ihrem Bett.

Das Bewusstsein kehrte nach und nach zurück.

Peters Haupt, die Kanüle, das Weiß seiner Augen, Blutstropfen auf dem Küchenboden, ein abgeknicktes Ohr. Ihr Magen rebellierte erneut.

Zarahs Befreiungsversuche hatten die Reaktion einer weiteren von der Dunkelheit verborgenen Person im Raum zu Folge.

„Du bist wach, schön." Eine ihr nicht unbekannte sonore männliche Stimme aus einer Ecke des Zimmers.

„Erinnerst du dich an mich? Ich hatte dir versprochen, wir sehen uns wieder. Und meine Versprechen halte ich. Immer." Die Stimme näherte sich ihr.

„Meine süße Rose der Nacht, du hast mir eine Menge Probleme bereitet."

Marcel erhellte den Raum mittels einer kleinen Wandlampe. Zarah blinzelte, das schummerige Licht blendete sie und verstärkte das Hämmern in ihrem geschundenen Kopf.

„Unser Freund hier ist nicht begeistert von seinem Ableben, und ich bin es auch nicht."

Marcel deutete auf ein Nachtschränkchen neben dem Kopfende des Bettes.

Dort stand auf einem Teller Peters angetauter Schädel, das Gesicht in ihre Richtung gedreht, eine Pfütze Blutes unter sich.

Seine Augäpfel, mittlerweile vom Eis befreit, leicht eingetrocknet. Das abgeknickte Ohr hang traurig wie das Ohr eines Hundes herab. Zwischen seinen halbgeöffneten Zähnen die Rose.

„Er wollte dir unbedingt Blumen mitbringen. Peter ist schon ein Romantiker." Marcel schaute ungerührt ob ihres Entsetzens.

„Meine Rose du, wie konntest du nur?" Seine Finger streichelten ihr Haar.

„Der Arme hatte Familie. Eine liebende Ehefrau, Kinder. Du hast ihnen allen das Herz gebrochen." Er strich über ihre Wange.

„Und was tue ich, statt dich dem Gesetz zu überführen? Statt dir deine gerechte Strafe angedeihen zu lassen? Was mache ich denn hier, warum ist Peter mit mir zusammen dich besuchen gekommen?"

Sie konnte vor Angst kaum atmen. Was wollte er, war er wahnsinnig?

„Nun, Zarah…wir wollen, dass du dich entschuldigst!"

Er *war* wahnsinnig.

Seine Lippen berührten fast ihr Ohr, als er flüsterte.

„Entschuldige dich!"

Alles was er wollte, nur dieser Alptraum musste aufhören.

„Es tut mir leid." Die Worte kamen wie ein Hauch über ihre Lippen.

„Was sagtest du? Du sprichst zu leise, wir können dich nicht hören."

„Es tut mir leid." Wenig lauter.

„Was tut dir leid? Zarah, was tut dir leid?" Seine Stimme zischte wie die einer Schlange, drohend.

„Der Unfall, es tut mir leid."

„Unfall?" Er lachte laut auf. „Unfall! Es ist ein Unfall, wenn du einem Kunden eine tödliche Injektion verpasst und ihn ins Jenseits beförderst? Ein UNFALL?" Er schrie sie an.

Seine Faust schlug auf das Kissen knapp neben ihrem Gesicht.

„Noch so ein dummer Satz und ich breche dir die Nase."

Sein kalter Blick bestätigte seine Entschlossenheit.

„Noch einmal! Was tut dir leid?"

Sie zitterte am Körper wie Espenlaub, Tränen der Angst ließen ihren Blick trüb werden.

Sie flüsterte.

„Es tut mir leid, dass ich ihn getötet habe, es tut mir so leid. Es tut mir leid, dass seine Familie ….."

„NEIN!" Wieder erhob er laut die Stimme. „Nein, seine Familie, meinst du wirklich, die interessiert mich? Bist du naiv!"

„Aber ich dachte..." Sie stammelte mit tränenerstickter Stimme.

„Tut es dir leid, dass du MIR so viele Scherereien verursacht hast? Ich musste mich mit unserem Freund hier herumplagen. Und Maja, die arme Maja,... Die ist gar nicht gut auf dich zu sprechen."

Maja? Zarah verstand nicht.

„Maja, du weißt schon. Eine meiner besten Mädchen."

War er ihr Stammkunde gewesen? Was hatte er mit ihr zu tun?

„Du hast einen Kunden umgebracht! In meinem Bordell, du dumme Schlampe!" Sein Gesicht kam ihr bedrohlich nahe. Leise scharfe Stimme.

„Und dann verschwindest du einfach. Warum hast du Peter nicht mitgenommen? Wieso muss ich mich mit dieser Last plagen?" Wieder schrie er. Seine Faust fuhr nochmals knapp neben ihren Kopf auf das Bett.

„Ich sollte dich umbringen."

Wütend verließ er den Raum. Die Tür knallte hinter ihm ins Schloss. Die leblosen Augen Peters glotzten Zarah an. Wässriges Blut lief über den Tellerrand. Seine Haut wirkte wie nasses Leder, die Haare klebten im Blut.

Zarah übergab sich erneut.

Marcel kehrte zurück.

„Also, was meinst du, ist es nicht herrlich, einen Boss zu haben, der die Fehler seiner Mitarbeiter ausbügelt? Unser Freund hat Gefrierbrand, schau mal!"

Er packte das leblose Haupt am Schopf und hielt es vor Zarahs Gesicht. Eine eisige Blutspur zog sich über ihren Körper.

„Was für eine Sauerei! Du hättest mal sehen sollen, wie der Whirlpool aussah, nachdem ich Peter präpariert hatte."

Kaltes Blut tropfte aus dem Stumpf auf Zarahs Brüste.

„Und dann hat er noch meine Gefriertruhe blockiert. Mir ist mein ganzer Vorrat an Gefrorenem verdorben. Alles nur wegen dir, du kleine Hure."

Marcel setzte Peters Kopf auf ihren Bauch, der folgte der Schwerkraft rollte neben sie auf das Bett. Sie versuchte sich wegzudrehen, erfolglos.

Die Rose war aus dem Mund gerutscht, Peters eisige Lippen an ihrer Hüfte. Das Laken färbte sich dunkelrot.

„Nun ja, der Rest von ihm ist wieder bei seiner Familie. Und das Köpfchen behalten wir, damit wir den Vorfall nicht vergessen. Nicht wahr, Peter, du möchtest unsere Zarah auch nicht aus den Augen verlieren."

Marcel setzte den Kopf zurück auf den Teller.

Ganz nah kam er ihr.

„Du gehörst jetzt mir, Zarah, du schuldest mir dein Leben! Hast du das verstanden?"

„Ja." hauchte sie.

„Wem gehörst du?"

„Dir."

„Ich bin ab jetzt dein Herr."

„Ja."

„Ja, was?"

„Ja, Herr."

„Vergiss das nicht!"

Er band sie los.

„Mach hier sauber, und dann pack deine Sachen zusammen, wir fahren bald."

Fortsetzung folgt.

Lesen Sie mehr von Lisa de Looch

ISBN: 978-3837057027

HART AN DER GRENZE ZUM ERTRÄGLICHEN!
HOCHSPANNUNG PUR! Er hatte mit seinem kleinen
Sohn wundervolle Tage am Meer verbracht. Sie waren
auf dem Heimweg und fuhren auf diese Brücke zu. Er
sah noch den Schatten einer Person auf der Brücke. Dann
ging plötzlich alles rasend schnell. Und die Hölle stürzte
über sie herein. EIN VATER AUF EINEM RACHE-
FELDZUG - THRILLER